LE FEU DES LUCIOLES

Xavier Hanotte
de l'Académie royale de langue et de littérature françaises de Belgique

Le feu des Lucioles

roman

Postface d'Éric Faye

belfond

Conception graphique de la couverture : look specific, Jad Hussein

Belfond | un département **place des éditeurs**

place
des
éditeurs

Au commandant Van de Kieboom
et au lieutenant Didier

« How easy it is to make a ghost. »

Keith DOUGLAS

1

Mort d'un poète

C'était davantage qu'un mauvais pressentiment. Presque une certitude enracinée, contre laquelle le capitaine Douglas ne pouvait rien. Contre laquelle, en vérité, il ne voulait *rien entreprendre. Plus la force ni l'envie. À vingt-quatre ans, il lui semblait en avoir vécu mille sans atteindre ni même frôler, un bref instant, la réalité d'une vocation ou d'un destin susceptibles de le satisfaire. De toute façon, un millénaire supplémentaire n'y eût pas suffi. Aussi un sursis lui paraissait-il terriblement vain – et surtout trompeur.*

Il y songeait souvent la nuit, quand un mauvais sommeil persistait à se dérober. La veille au soir encore, couché avec l'équipage sous la bâche tendue le long du char, il avait veillé, yeux grands ouverts sur l'obscurité.

The stars are dead men in the sky
who will applaud the way you die[1].

La Mort, il était à ses yeux aussi futile de la fuir que de la rechercher. Elle choisirait le lieu et le moment. Car ici,

1. « Les étoiles sont des hommes morts dans le ciel / qui applaudiront ta façon de mourir. » *(Toutes les notes sont de l'auteur.)*

la Camarde était partout chez elle et ses innombrables épiphanies, spectaculaires ou anodines, annoncées ou brutales, ne retranchaient rien à son infinie patience. Souveraine, elle régnait sur le paysage en variant ses apparitions, tels ces cruels rois légendaires dont la mystérieuse puissance, redoutée par tous, même les plus rebelles, rend palpable une présence pourtant incertaine.

Les sables du désert avaient inauguré leur compagnonnage à distance. Depuis lors, non contente de lui envoyer ses signaux comme autant d'œillades, la Mort suivait le capitaine à la trace, elle remontait le sillage des chenilles et surfait sur les vapeurs d'essence brûlée, quand elle ne précédait pas les chars de l'escadron sur le théâtre de ses obscurs combats. Et dans les derniers poèmes du capitaine, encore à l'état d'ébauches, elle disputait la vedette à cette intime bête noire *qui le chevauchait avec obstination, au point peut-être de damer le pion à sa grande rivale.*

En ce début de juin pluvieux, le bocage normand, hirsute et détrempé, avait succédé aux dunes arides et nues de Tunisie. Simple changement de décor. Droit devant, quelque part au bout de ses jumelles, embusquée pour la forme à l'ombre d'une haie vive ou d'un taillis, la Mort l'attendait. Et c'était bien ainsi. Toujours, dans sa vie comme en poésie – mais à quoi bon établir un douteux distinguo ? –, il avait abhorré la sensiblerie et le mensonge. Au prix de son confort en société, il leur avait préféré, envers et contre tout, la lucidité et le franc-parler. Au fond, se disait-il, la Mort lui ressemblait. Elle ne trichait pas.

Jamais il n'avait aimé une femme sans envisager le mariage, jamais abominé quelqu'un sans le lui faire sentir, jamais désobéi aux ordres sans mépriser les justifications bancales, jamais commis un vers qui lui parût insincère, racoleur ou contrefait. Depuis son coup de tête d'El Alamein, le capitaine passait d'ailleurs pour un peu fou. À aucun moment il n'avait jugé utile de s'en expliquer. Dès lors personne, jusqu'à ses amis les plus proches au régiment, Jack Holman ou John Bethell-Fox, ne lui contestait, au mieux, une réputation d'original – celle d'un homme fidèle à ses lubies et ses passions, qu'il était fort possible d'aimer et détester en même temps.

Parfois, il lui arrivait encore de se demander par quel étrange fait du hasard un prolétaire de sa sorte, fût-il aussi doué pour les lettres que pour la peinture, boursier pauvre d'Oxford admis à Sandhurst par la petite porte, s'était retrouvé porteur d'un grade subalterne dans la Sherwood Rangers Yeomanry, repaire sélect de hobereaux et d'officiers amateurs. Son amour des chevaux et du steeple-chase n'expliquait pas tout. Dans les casernes de cavalerie, l'essence avait remplacé l'avoine. Mais ici, du moins, il ne devait plus mendier pour obtenir une monture ni, pelle en main, ramasser le crottin dans les écuries des propriétaires. En outre, les hommes lui donnaient du Sir *en toute occasion et le saluaient avec le petit doigt sur la couture du pantalon. Ce qui l'ennuyait plutôt, en fin de compte. Car si le capitaine Douglas s'en faisait une idée assez précise, il ne maîtrisait pas tous les codes de la caste. Sous le feu, ses collègues parlaient encore de garden-parties et de chasses au renard.*

It is not gunfire I hear, but a hunting horn[1].

Il enfonça ses jumelles dans leur étui, se laissa glisser de son strapontin et, tirant par-dessus sa tête le double battant métallique, chassa le ciel plombé de son écoutille. La pénombre de la tourelle lui parut presque accueillante. L'équipage ne lui

1. « Ce n'est pas le feu des armes que j'entends, mais un cor de chasse. »

posa aucune question. Nul besoin de sortir la tête hors du char pour comprendre qu'avec ses courbes de niveau, ses bosquets symboliques et ses cours d'eau imprimés en bleu cyan, la carte dépliée sous la lampe en révélait davantage sur la nature du terrain que n'importe quelle tentative d'observation.

Pourtant, formé en carré, l'escadron A occupait ce qui, dans ce pays d'ondulations douces, pouvait passer pour un belvédère. Parvenus au point 103, à la sortie d'Audrieu, les vingt chars, Sherman et Firefly en alternance, s'étaient arrêtés en haut des vergers. La bruine qui brouillait le ciel bas et la brume qui montait de la Seulles, blottie au creux de sa vallée, masquaient les approches de Saint-Pierre et de Fontenay-le-Pesnel.

Le capitaine soupira un peu plus fort qu'il n'eût souhaité. Par chance, ni le tireur affairé à nettoyer ses oculaires ni le pourvoyeur en train de déplacer des obus au fond de la tourelle n'avaient noté sa moue dubitative. Elle lui avait échappé, et il s'en faisait le reproche. Ce genre de faiblesse le prenait rarement au dépourvu. Elle l'indisposait d'autant plus qu'il y décelait le symptôme d'un désaccord intime, la manifestation intempestive de cette illusion selon laquelle tout, peut-être, n'était pas encore dit ni écrit. Mais il se reprenait déjà, recomposait les traits de son visage, encore juvénile malgré la fine moustache.

Deux vers composés trois ans plus tôt, avant la longue croisière vers l'Égypte, lui revenaient sans cesse à la mémoire.

Remember me when I am dead
and simplify me when I am dead[1].

1. « Souvenez-vous de moi quand je serai mort / et simplifiez-moi quand je serai mort. »

À qui s'adressait-elle vraiment, cette strophe plus lucide que prophétique, plus apaisée que désespérée ? À celles qu'il avait aimées à la diable, trop vite et trop fort, sans mesure et sans calcul ? À sa mère si fragile, toujours au bord de la chute, qui lui passait ses fantaisies avec une confiance à la mesure de son immense fatigue ? Au père absent qu'il avait banni de sa vie pour mieux finir par le singer, quoi qu'il en eût, jusque dans son grade à trois pips *sur les épaules ? À ses amis d'Oxford et de Christ's Hospital, témoins embarrassés comme admiratifs de ses révoltes à répétition ? Aux patients collègues de l'escadron A qui, malgré ses écarts ou en raison d'eux, recherchaient sa divertissante compagnie ? Aux quatre hommes d'équipage de son Sherman qui, en dépit de sa discutable aura de trompe-la-mort, lui faisaient confiance pour sauver leur peau ? Au lecteur probablement fictif d'une œuvre achevée sans l'être, créée au bord du néant et par avance destinée à s'y abîmer ?*

Il l'ignorait. Mieux : il voulait *l'ignorer.*

Non, en ce qui le concernait, tout était définitivement réglé, tout était écrit. Il n'y avait pas à sortir de là. Il n'y changerait plus rien désormais. Ni aux questions ni aux réponses.

Dans l'espace confiné du char, la concentration anticipée de chacun sur ses tâches particulières et vitales, ainsi que la lumière anémique de l'éclairage électrique, aidait les hommes à réprimer leur angoisse et à sauver les apparences. En outre, dès qu'il montait à bord, le capitaine dissimulait son regard derrière les épaisses lunettes à monture d'écaille qu'on ne lui voyait jamais sur aucune photographie et encore moins sur les autoportraits qu'il lui arrivait encore de tracer au crayon devant un miroir de poche, histoire de distraire sa préoccupation et, surtout, de vérifier qu'en dessin il ne perdait pas la main.

Simplify me when I am dead…

Déjà, effacer ces encombrantes besicles qui l'avaient toujours agacé telle une injustice. Ambitionner l'économie et la netteté du trait. Simplifier. Toujours simplifier. Aller à l'essentiel. Jusqu'à l'os s'il le fallait. Tailler, dégraisser, dépouiller. Autant que faire se pouvait, alléger la barque de Charon, n'emporter avec soi, en guise d'obole pour le passage, qu'un mince bagage de mots

for the little coin it will take
to buy the secret I shall not keep[1].

S'il avait depuis longtemps opté pour les mots, peinture, gravure et dessin avaient néanmoins conservé jusqu'au bout leur séduction et leur importance. Faute de leur donner la première place, il les avait annexés à sa démarche. Pointe sèche, pinceau et mine de plomb étaient devenus les auxiliaires privilégiés de son verbe. Ainsi, selon la convention passée entre eux, l'éditeur pressenti – un enthousiaste au patronyme exotique, dont beaucoup de gens bien introduits mettaient le sérieux en doute – disposerait pour illustrer le recueil projeté de quelques linogravures aussi acérées que ses vers. Mais ce n'était là, bien évidemment, qu'un vœu pieux. Car au plus secret de son âme s'il lui en restait une, le capitaine Douglas s'interdisait de croire qu'il tiendrait un jour entre

1. « pour la petite pièce qu'il faudra / afin d'acheter le secret que je ne tiendrai pas. »

ses mains la somme par essence définitive de ses visions sans apprêt ni fioritures, en un mot si peu lyriques.

Le climat normand reflétait sa morosité. Quatre jours maintenant que durait ce fichu temps de chien. Cela avait commencé par une traversée de la Manche très secouée, à tel point que huit Shermans Duplex Drive, *prétendument amphibies, avaient coulé avant même que Gold Beach fût en vue. Les plages une fois conquises, rien ne s'était passé comme prévu. Avaient suivi la pénible progression des blindés par des chemins creux saturés de boue et la trop lente remontée vers Caen à travers une succession d'écrans végétaux répétés à l'infini, à l'abri desquels un ennemi résolu, doué d'apparente ubiquité, portait ses coups en traître. Aujourd'hui encore, la lourdeur des nuages, même rétrécis par les blocs de vision, n'appelait aucun optimisme.*

Ce serait long. Ce serait dur.

Pour eux, se disait-il, mais pas pour lui.

Car non, il ne verrait pas le terme de ce dernier combat. Il en était persuadé. Le rideau tomberait pour lui avant l'épilogue de cette mauvaise pièce. Serait-ce pour ce matin ? Pour ce soir ?

Pour demain ou après-demain ?

> Actors waiting in the wings of Europe
> we already watch the lights on the stage[1].

Quand avait-il écrit cela ? Cette métaphore théâtrale traduisait-elle encore une manière d'espérer, ou l'impatience d'en finir ?

---

1. « Acteurs en attente dans les coulisses de l'Europe / nous observons déjà les feux de la rampe. »

*Depuis son retour en Angleterre, entre les permissions à Oxford et les préparatifs en vase clos du Débarquement, l'obsédant pressentiment avait peu à peu fait place à cette sorte de conviction morne. Il l'avait accueillie sans regret ni révolte. C'était écrit, il ne reverrait pas Ithaque. De toute façon, aucune Pénélope ne l'attendait, et il préférait cela. La mine qui, en explosant sous ses pieds, lui avait abîmé la carcasse au Wadi Zem-Zem n'était pour rien dans cette idée. Ceux qui, d'avoir roulé à ses côtés dans les sables de la Cyrénaïque, connaissaient les divers épisodes de son parcours guerrier et partageaient les mêmes incertitudes, voire les mêmes superstitions que lui, se gardaient bien de trancher. Selon les uns, la Mort avait frôlé le capitaine de trop près pour qu'il dût craindre encore son baiser glacial. Un adage cher aux vétérans ne postulait-il pas qu'*une grenade ne tombait jamais deux fois dans le même trou *? D'après les autres, au contraire, la chance ne repassait jamais les plats et, en survivant à ce coup du sort, le capitaine avait épuisé en une fois tout son capital. Entre les deux propositions, il avait fait son choix.*

Ç'avait été une répétition. Il mourrait hors de son char.

Ce matin, quand le major Laycock – colonel à titre temporaire, surnommé Sweeney Todd *par le capitaine, qui ne l'appréciait guère – avait exigé une nouvelle reconnaissance vers Saint-Pierre, le major Christopherson n'avait eu d'autre choix que de désigner une fois encore pour cette mission le lieutenant Bethell-Fox, bilingue attitré du régiment. Dans ces conditions, pourquoi avait-il décidé d'en être, lui aussi ? Alors que personne ne lui demandait rien ?*

Pour ce type de corvée, un seul officier suffisait. Deux, cela frisait le gaspillage car, vu les pertes, les unités tombaient vite à court d'encadrement. Surtout lorsque, comme la veille au soir, la reconnaissance en question risquait fort de se terminer à pied.

Comme au Wadi Zem-Zem.

Mais le désir lui était venu soudain, comme ça, sans crier gare et sans raison claire. Sa folle initiative d'El Alamein s'était rappelée à son souvenir, bon ou mauvais. Là-bas, au sens réglementaire du verbe, le futur capitaine Douglas avait déserté son poussiéreux bureau cairote, quitté l'enceinte de l'état-major, sauté derrière le volant du camion confié à sa garde, embarqué avec lui un caporal ravi par l'aventure et roulé d'une traite, sans le moindre ordre ni écrit ni oral, jusqu'aux premières lignes. Sur place, il avait menti par omission à son chef de corps et réclamé sa part au combat. Peut-être dupe, mais surtout à court d'officiers encore entiers, le colonel – pourtant allergique à son style désinvolte, peu goûté par le petit club d'aristocrates campagnards à la tête du régiment – avait fermé les yeux et lui avait confié un char tout poissé du sang de son précédent commandant. Le valeureux déserteur n'avait interrompu sa chevauchée qu'au Wadi Zem-Zem, son tank derrière lui, hors d'usage et troué par un obus, la jambe et l'épaule lestées d'une poignée d'éclats.

« Permission d'accompagner Bethell-Fox, Sir *? »*

La radio grésillait dans ses écouteurs. Sa propre quiétude le surprenait presque. Les dés étaient donc jetés. Confiant, il attendit la réponse. Ce n'était pourtant pas gagné d'avance, car les humeurs de son turbulent subordonné avaient déjà valu au major Christopherson plus d'un débat avec Sweeney Todd. Et surtout, le capitaine commandait en second l'escadron A.

Il jeta un nouveau coup d'œil à travers la meurtrière du bloc de vision. Après l'Égypte et la Tunisie, la campagne normande présentait une gamme radicalement autre de sons, de lumières, de parfums, de couleurs et de dangers. Les odeurs d'humus et d'herbe écrasée avaient chassé celle du sable brûlant, et le meuglement inquiet des vaches abandonnées dans leur étable les lamentations nocturnes des chacals. Même les cadavres, racornis là-bas, gonflés ici, affichaient des rictus différents. Mais ici comme là-bas, la Mort rôdait sous les multiples espèces qu'il lui plaisait de revêtir, la pire d'entre elles demeurant sans le moindre doute, partout identique, celle de l'obus qui perce soudain la tourelle et ricoche à l'intérieur, broyant les chairs et le métal.

> That day, he hit my tank with one
> like the entry of a demon...[1]

Le crachin têtu de cette matinée renvoyait à quelque passé imaginaire le bleu salle de bains des cieux égyptiens. Plus bas, une infinie variété de verts composait un paysage foisonnant où, comme dans une tapisserie médiévale, prêts à cracher le feu, se cachaient des fauves fantastiques dont on ne percevait longtemps que le grincement lointain et menaçant des chenilles. Leur invisibilité toute provisoire multipliait leur nombre dans l'esprit inquiet des humbles chevaliers envoyés à leur rencontre.

En réalité, tous savaient pourtant le Tigre et la Panthère plutôt rares en ces contrées. La peur très raisonnable qu'inspirait la puissance de leur canon et de leur blindage constituait d'ailleurs leur atout majeur. Seule la longue pièce des Fireflies pouvait leur secouer les rayures ou les taches jusqu'à deux mille yards de distance. En revanche, la piétaille

1. « Ce jour-là, il toucha mon char et ce fut / comme l'entrée d'un démon... »

des Shermans ordinaires devait espérer un coup chanceux ou, sans aucune garantie de succès, aligner les monstres à bout presque touchant. Certains as, comme le sergent Dring, arrivaient régulièrement à allumer ces monstres avec leur petit 75 mm en maintenant une ahurissante cadence de tir. Pourtant, neuf fois sur dix, quand ils en avaient encore le temps, les chefs de char découvraient dans leurs oculaires de bien moins redoutables Panzer IV. Contre ceux-là, chacun d'eux avait sa méthode et savait quoi faire.

Le major réservait sa réponse. Pourtant, le capitaine Douglas n'avait aucun doute quant à la décision qu'il prendrait.

La reconnaissance de cette nuit n'avait livré que des renseignements parcellaires, difficilement exploitables. L'escadron A ignorait donc quelles forces lui faisaient face dans le village de Saint-Pierre et, plus loin vers l'ouest, le gros bourg de Tilly-sur-Seulles. L'épaisseur des frondaisons, l'enchevêtrement des taillis, la légère brume qui montait de la rivière en contrebas et la bruine obstinée qui estompait les doux replis de la vallée rendaient toute observation plus qu'approximative.

Sweeney Todd, dont le sanglant surnom relevait à coup sûr de l'antiphrase, ne s'y était pas trompé. Lancer ses gens à l'aveugle contre un ennemi potentiellement retranché allait à l'encontre de ses conceptions tactiques, puisqu'il en avait. Depuis son char de commandement, il avait ordonné une nouvelle reconnaissance de l'objectif. Comme Bethell-Fox, à moitié français par sa mère, le capitaine maîtrisait la langue de Molière. Hérité de son grand-père, Castellain n'était pas pour rien son middle name. *À Oxford, il avait traduit avec un relatif bonheur « Le Dormeur du val » et « Au Cabaret-Vert », en préservant la forme rimée. Pour interroger les civils normands terrés dans leurs caves au milieu des vaches, pratiquer leur langue était une stricte nécessité. Cet argument emporterait l'assentiment du major.*

De fait.

« Allez-y, Keith. Et s'il vous plaît, n'en faites pas trop… »

Le Sherman de Bethell-Fox rompait déjà le carré. Ses chenilles labouraient la prairie et jetaient à la ronde des mottes de terre grasse. Son échappement crachait derrière lui un épais panache noir. Contrairement aux autres chars de la gamme, le type III roulait au gasoil. Les Shermans classiques carburaient à l'essence, ce qui leur valait un sobriquet grinçant, inspiré par la publicité du briquet Ronson. S'il fallait en croire le slogan, celui-ci s'allumait à tous les coups. *Avec un peu de bonne volonté, les tankistes de l'escadron A pouvaient donc se croire vernis : leurs Shermans III avaient la réputation de prendre feu moins vite.*

Le capitaine rouvrit son écoutille et remonta sur son siège. Il renonça à coiffer son casque et garda le béret noir sous le serre-tête des écouteurs. Pour commander un char, une bonne vision périphérique s'avérait indispensable et, hors combats urbains où il valait mieux sortir couvert, se faire décapiter par un obus avec ou sans chapeau de fer faisait peu de différence.

Son Sherman suivait celui du lieutenant, à trente yards. Tous deux roulaient à vitesse modérée, histoire de zigzaguer proprement entre les pommiers qui les dérobaient provisoirement à la vue de l'ennemi. Le chauffeur, un vieux de la vieille, connaissait sa partie et, l'objectif une fois désigné, n'attendait aucun ordre particulier. Le capitaine avait replié sa carte. La reconnaissance motorisée s'interromprait au bord de la Seulles. Ils verraient alors si un passage à gué pouvait s'envisager. Dans le cas contraire, les deux officiers laisseraient leurs chars en arrière-garde, traverseraient à la nage et poursuivraient leur parcours à pied jusqu'au moment où, selon toute vraisemblance, ils obtiendraient un contact visuel avec la partie adverse.

En Tunisie, franchir les oueds s'avérait plus aisé. C'était près de l'un d'eux qu'il avait déclenché cette foutue mine.

Par radio, déjà loin derrière eux, le major commandait aux équipages des Fireflies de se tenir prêts pour un tir de soutien sur les berges sud de la rivière. Le capitaine se sentit moins seul. À l'avant, Bethell-Fox commençait à ralentir.

« Je te suis toujours, John, émit-il. On maintient l'écart… »

Une fois encore, il se demanda pourquoi le Sherman modifié par les Britanniques s'était vu attribuer le plaisant surnom de Firefly[1]. *La veille au soir, en s'écartant du bivouac, il avait observé, accroupi sous un buisson d'aubépines, le capricieux ballet des lucioles parmi les herbes folles. Plus loin dans la vallée, au même moment, les Fireflies d'un autre régiment clôturaient la journée par un matraquage des lignes allemandes. Entre la chorégraphie silencieuse de ces lents feux follets verts et les fulgurations orangées des canons, tonnant tels des orages terrestres, quelle commune mesure ? C'était un mystère de la langue, un de plus. Une tentative d'explication, plutôt bancale, trouvait sa source dans le flash aveuglant de la pièce de dix-sept livres et l'embrasement régulier des gaz excédentaires qui, à l'intérieur de la tourelle, brûlaient souvent les moustaches, les cils et les sourcils des servants. Les calmes lucioles n'avaient pas le même sens de la farce.*

Par sa sonorité comme par son pouvoir d'évocation, le mot firefly *lui plaisait. Luciole : mouche ardente dans l'obscurité*

1. « Luciole. »

des nuits. Tandis que les arbres défilaient de chaque côté du char et que le véhicule s'élevait puis retombait en piquant du nez au franchissement d'une nouvelle haie, la nuit cairote, lourde et chaude, revenait au fil de trois vers longuement balancés :

Tonight the white dresses and the jasmin scent
in the streets. I in another place
see the white dresses glimmer like moths…

Pourquoi pas, plutôt, des robes vertes et des lucioles, au lieu de robes blanches et de phalènes ? Au fond, les papillons de nuit n'avaient jamais brillé que par la grâce fortuite des lampadaires et des torchères dispersés à travers les jardins d'un palace égyptien. Qu'importait, après tout, l'exactitude de ce souvenir ?

see the green dresses glimmer like fireflies[1]… *?*

Mais il était trop tard. Aux commandes du projet, le fantasque Tambimuttu avait reçu l'ultime copie de ce poème comme de tous les autres. Les lucioles n'y entreraient pas.

Un génie comme T. S. Eliot éprouvait-il parfois des regrets bénins de cette nature ? Le capitaine avait du mal à le croire. Sur les pressantes instances d'Edmund Blunden, son mentor à Merton College, le pape en exercice avait daigné descendre un instant de son trône éditorial pour lire quelques morceaux choisis du jeune impertinent des bords de la Cherwell.

---

1. « Cette nuit les robes blanches et le parfum du jasmin / dans les rues. Moi, en un autre endroit / je vois les robes blanches briller tels des phalènes… »

Non sans quelque condescendance peut-être bienveillante, il avait reconnu du bout de la plume que l'auteur de ces vers avait de l'oreille.

Mais pas de voix ? Et, si oui, qui pour l'entendre ?

La voix de Bethell-Fox, elle, résonna dans les écouteurs.

« Rivière à cent yards… Je continue… »

Heureusement pour lui, le lieutenant s'était baissé à temps. Tandis que son Sherman passait sous un pommier, une branche basse, presque aussi épaisse que le tronc, accrocha ses antennes radio, dont l'une des deux se brisa net à la base. Aussitôt, tandis que la tête de Bethell-Fox émergeait à nouveau de la tourelle, le capitaine tâcha de le joindre sur le poste B.

« John ? Tu m'entends ? »

Pas de réponse. Pour rétablir le contact, il leur faudrait passer sur la fréquence du poste A, celle du régiment. Mais le capitaine y renonça. Ce n'était plus nécessaire. Ils atteignaient le terme de leur première étape. En face, un double rideau de saules annonçait les berges dissimulées de la Seulles.

Bethell-Fox rangea son char derrière un fourré, à quelques yards de la rive. Le capitaine enjoignit au chauffeur de l'imiter en maintenant la même distance entre eux. Les moteurs tournaient maintenant au ralenti. Les deux tourelles pivotèrent plein sud, en direction du village toujours invisible entre les frondaisons.

« Davis ! Passez-moi la sulfateuse ! »

Au fond du char, le pourvoyeur remua de la ferraille. Ensuite, sur les genoux de son chef, il déposa le pistolet-mitrailleur et deux chargeurs. C'était un MP 40 maraudé trois jours plus tôt dans un blockhaus abandonné de Gold Beach. Les Sten guns *britanniques s'enrayaient trop vite ou partaient toutes seules et, avec son revolver de dotation, le capitaine se fût senti un peu nu pour la promenade qui les attendait.*

Il se hissa hors de la tourelle. Avant de descendre, il se pencha par l'écoutille et délivra sa consigne :

« Ne bougez pas d'ici. Si ça tiraille, vous arrosez le secteur à la coaxiale. À hauteur de tête, si vous voulez bien. Le lieutenant et moi, on la baissera, mais faites attention tout de même... »

Les hommes acquiescèrent en silence. Le capitaine consulta sa montre et fit un rapide calcul.

« Si nous ne sommes pas revenus d'ici trois quarts d'heure, je vous conseille de calter vite fait. »

Le tireur fit une moue.

« C'est un ordre, Sir *? »*

Le capitaine ne put contenir un sourire.

« Si on vous le demande, vous direz que c'en était un. »

Puis, sautant en bas du Sherman, il atterrit à pieds joints dans les hautes herbes où perçaient les taches rouges des coquelicots.

Bethell-Fox l'attendait sous un saule. Lui aussi avait renoncé au casque. Le béret noir, du moins, excluait les méprises. Habitués au traditionnel plat à barbe des fantassins de Sa Majesté, certains snipers amis, américains en tête, pouvaient les prendre pour des parachutistes allemands. Les tireurs d'en face, eux, commettaient rarement la même erreur. Bref, on voulait bien risquer la mort, mais alors pas en conclusion d'un gag malheureux. Avec ses jumelles, le lieutenant tentait de sonder le fouillis végétal qui encombrait la rive opposée. Ça n'avait pas l'air de lui réussir. Le capitaine s'accroupit à son côté.

« Alors, Johnny ? Tu vois quelque chose ? »

Bethell-Fox secoua la tête.

« Pas vraiment. Et je n'entends rien non plus. »

C'était là manière de parler. Vers l'ouest, un puissant barrage d'artillerie roulait en continu, écrasant les autres bruits.

« Dans ce cas, on traverse », décida le capitaine.

Il n'y eut aucun débat. Bethell-Fox délaça ses brodequins. Le capitaine fit de même, mais garda ses chaussettes. Tous deux entrèrent dans l'eau sombre et glacée, d'abord jusqu'à mi-corps. Leurs épaisses combinaisons de tankistes n'étaient pas imperméables mais, en gros, empêchaient qu'ils fussent complètement trempés. Bottines suspendues au cou par les lacets, ils ne perdirent pied qu'au milieu de la rivière. Encombrés par leur équipement, ils nagèrent comme des ours. Le capitaine maintenait la mitraillette hors de l'eau, un chargeur coincé entre les dents.

La berge glissait. Ils l'escaladèrent en se cramponnant aux branches basses et en poignant des touffes d'herbes. En l'absence du moindre mouvement suspect aux alentours, ils n'attendirent pas longtemps pour se rechausser à la hâte et essorer comme ils le pouvaient la grosse toile rêche de leurs combinaisons. À tout hasard, Bethell-Fox dégaina son revolver de service, prudemment accroché au bout de son cordon. Le capitaine, lui, garda sa mitraillette à la bretelle. Autour d'eux, rien ne bougeait sinon les feuilles des saules dans la douce haleine d'une brise. La bruine avait cessé. La végétation prenait son relais. Plantes et arbres dégouttaient en chutes myriadaires.

Enfin, après une marche silencieuse de plusieurs minutes, le lieutenant s'immobilisa. Le nez au vent, il avait l'air de flairer une proie invisible. S'accroupissant avec précaution, il tendit le bras vers la droite. Selon lui, le moment était venu de faire un point.

« Saint-Pierre se situe de ce côté, murmura-t-il. Cinq cents yards à tout casser, je dirais. Comme repère, j'ai pris l'église. Le clocher est bien visible. Une fois arrivés aux premières maisons, on doit pouvoir observer la route qui mène à Tilly-sur-Seulles. S'il y a du Jerry dans la place, ça ne devrait pas nous échapper… »

Bethell-Fox avait mené seul la reconnaissance nocturne de la veille. La lumière du jour modifiait la perception des distances, mais sa mémoire du terrain constituait un précieux avantage.

Le capitaine eut un sourire en coin.

« Saint Pierre, je le verrai toujours assez tôt si jamais il m'admet là-haut dans son club. J'ai un sérieux doute à ce propos… Pour cette fois, Jerry fera mon affaire… »

Le lieutenant sourit à son tour. De son côté, le capitaine avait arrêté sa décision. Il décrocha la bretelle du pistolet-mitrailleur et manœuvra le levier d'armement.

« OK, Johnny. À toi l'honneur. Je te suis et je te couvre… »

Courbés en avant, les deux hommes se mirent en mouvement. La traversée de l'ultime no man's land promettait d'être longue, d'autant plus longue que, au fur et à mesure de leur marche, aucune perspective ne s'ouvrait durablement à travers la végétation. La verdure couvrait leur approche mais, dans le même temps, compromettait un succès rapide de leur mission. Le village apparaissait et disparaissait au gré des trouées et des fourrés. De temps en temps, une prairie ensauvagée ménageait une échappée plus vaste. Ils la franchissaient alors en rampant parmi les vieilles bouses et les cratères de mortier, puis regagnaient au plus vite l'ombre des haies et des taillis.

Bethell-Fox leva un bras et se laissa tomber en surplomb d'un chemin creux. Le capitaine le rejoignit et, imitant son subordonné, sortit ses jumelles de leur étui. À quelque cent yards, le clocher troué d'un édifice religieux apparaissait au-dessus des arbres et des toits. Une large boucle de la Seulles passait non loin de là et léchait les pieds d'un ensemble de remises et de granges, probables annexes d'une ferme.

« Keith ! Tu vois l'église ?

— Je la vois.

— Même sans tes lunettes ?

— Il faut te le répéter ? »

Le capitaine orienta ses jumelles vers la gauche et balaya la partie plus arborée du décor. Au détour d'un bosquet, une légère variation dans les verts attira soudain son attention. Il tourna la molette et effectua un réglage minutieux. Foutue myopie.

« Bingo ! »

Sous le feuillage artificiel un brin trop régulier du filet de camouflage pointait le frein de bouche d'un canon antichar.

« Un 88... Pile dans l'axe d'approche. Tu confirmes ? »

Le lieutenant prit le temps de vérifier. Acquiesça.

« Je confirme... Il y en a deux autres. »

Mauvaise nouvelle. Avec de tels ouvre-boîtes dans le chemin, l'attaque du village s'apparenterait à un authentique tir aux pipes.

« À supposer qu'on puisse franchir la rivière, dit le capitaine, il va falloir envoyer les Fireflies devant. S'ils sont rapides et tirent les premiers, ça peut passer. Sinon, gare à la casse. L'escadron va se faire aligner comme au champ de foire... »

Bethell-Fox n'était pas d'accord.

« À mon avis, c'est un job pour l'aviation.

— Sûrement pas. Le plafond est trop bas... »

La discussion en resta là. Une pétarade retentit. Au-dessus d'eux, un puissant coup de faux trancha net les branches d'une charmille, dispersant une pluie de feuilles. La gerbe de balles les avait manqués. Mitrailleuse. Impossible, même à l'instinct, d'en deviner la position. Selon le calibre, le tir pouvait venir de tous les côtés, d'une tranchée masquée ou d'une patrouille en maraude. Mais déjà, d'autres salves partaient et faisaient chorus.

Ils étaient repérés, car les impacts les encadraient avec une précision croissante. On distinguait de la rafale et du coup par coup. L'air vibrait de projectiles. À deux mains, le capitaine enfonça son béret noir sur son crâne, jusqu'aux sourcils. Toujours couchés dans l'herbe, le ventre au ras du sol, les deux officiers se dégagèrent promptement, sans se concerter, à reculons.

Les réflexes prirent vite le relais de la raison. Cassés en deux, ils détalèrent en zigzag vers l'arrière, vers le couvert des taillis, en direction de la rivière et de ses berges protectrices. À intervalles presque comptés, le capitaine, qui avait pris sur lui d'assurer un semblant de couverture, se retournait, mettait un genou en terre, lâchait une rafale au jugé puis reprenait sa course éperdue.

Une brûlante éclaboussure lui lécha soudain le mollet droit. Celui du Wadi Zem-Zem. Il continua pourtant de courir, porté par une exaltation où la peur n'avait plus aucune part. Devant lui, Bethell-Fox s'était arrêté pour l'attendre. Accoté au tronc d'un saule, il lâchait quelques coups au hasard avec son dérisoire revolver, sans doute pour participer à la fête.

« Par ici, Keith ! Grouille ! »

Tandis qu'il ralentissait, le capitaine réalisa qu'il boitait. Pourtant, il ne ressentait aucune douleur. Juste une énorme, une stupide, une inacceptable envie de rire.

Sans vraiment comprendre comment il était arrivé jusque-là, il se jeta tête la première dans l'eau glacée de la Seulles, suivi de près par le lieutenant. Cette fois, ils avaient gardé leurs bottines aux pieds. Le capitaine en conçut une légère contrariété.

« Tu les as vus ? » glapit Bethell-Fox.

Le capitaine voulut répondre, mais un remous lui ferma la bouche. Pour montrer tant de mordant, il devait s'agir d'un détachement SS. Mais ce n'était qu'une conjecture hasardeuse. Il se contenta de secouer la tête. Le courant les portait vers l'est. La providence s'était mise de leur côté. Dans quelques secondes, ils émergeraient à proximité des chars.

« Keith ? Tu es touché ? »

Le capitaine, une fois encore, secoua la tête.

« Une égratignure, répondit-il. Juste un trou dans mon froc. Alors adieu, saint Pierre ! Retenez-moi une table au paradis... »

La combinaison alourdie par l'eau et le béret constellé de lentilles, ils tâchaient de ne pas couler. Derrière eux, la poursuite avait pris fin. Très vite, les silhouettes massives des deux Shermans se profilèrent derrière le rideau de saules. Non sans peine, ils gagnèrent le bord de la rivière et se hissèrent sur la berge. Bethell-Fox dut aider son supérieur. Ses deux chargeurs vides, le capitaine avait jeté la mitraillette. Une fois sorti de l'eau, il retroussa la toile épaisse de son pantalon et découvrit, entre deux cicatrices blanches, une brève mais profonde entaille.

« Ce n'est rien du tout... »

Tous deux connaissaient la musique. Il ne fallait surtout pas moisir dans le secteur. S'ils s'étaient sortis à bon compte de ce coup fourré, la réaction des gens d'en face ne leur laissait en revanche que peu de temps. Et cette fois, les équipages des deux chars seraient invités à la fête. L'artillerie adverse allait balancer au nord de la rivière un tir d'interdiction qui promettait d'être nourri. Sans un mot, le capitaine et le lieutenant se séparèrent. Chacun regagna son véhicule et prit place dans la tourelle.

« Tout va comme vous voulez, Sir ? » s'enquit le chauffeur, invisible depuis son poste de conduite.

En dessous, le pourvoyeur pestait à mi-voix. La combinaison du capitaine dégoulinait sur sa tête et sur ses précieux obus.

« Aussi bien que possible, Moodie. Mais maintenant, sortez-nous fissa de ce coin pourri ! On rentre à la maison !

— Certainement, Sir ! »

Cette fois, le Sherman du capitaine prit la tête du convoi. À bord, personne ne soufflait mot. Chacun guettait, dents serrées, les premières arrivées. Le chauffeur poussait à fond les quatre cents chevaux du moteur diesel. À l'intérieur du char, le vacarme avait de quoi rendre sourd et tous gardaient leurs écouteurs vissés sur les oreilles. Par la trappe ouverte, le capitaine jetait des regards vers l'arrière et s'assurait que Bethell-Fox suivait.

Ils avaient presque atteint le point 103 quand les premiers obus du barrage tombèrent aux alentours, essaimant leurs panaches terreux. Exposés loin des haies en dépit des consignes, deux Shermans de l'escadron, touchés, s'embrasèrent. Entre-temps, malgré l'encombrement de la fréquence A, ils s'étaient mis d'accord. Bethell-Fox rendrait compte au colonel, tandis que le capitaine ferait de même auprès du major Christopherson. En conséquence, il chercha des yeux le char de son supérieur direct, dont la tourelle portait, peint en rouge, un carré sur pointe.

Sur la fréquence B, en clair et d'une voix égale, le major ordonnait aux Fireflies de contrebattre à coups de brisants. Suivirent une série de coordonnées à pointer sur cartes. Quelques secondes plus tard, orientés plein sud, les longs canons de dix-sept livres – si longs qu'en ville, plus souvent qu'à leur tour, les chauffeurs peu habitués accrochaient les réverbères dans les virages et, partout ailleurs, les poteaux télégraphiques – commencèrent à tousser leurs aveuglantes flammes orange. Dans le vacarme assourdissant, le capitaine Douglas repensa aux silencieuses lucioles de la veille, à leur lente danse au cœur de l'obscurité.

Dommage, pour le poème.

« Le char du major, Sir*... »*

Le chauffeur rangea le Sherman derrière celui de l'officier supérieur. Souple comme un chat malgré son mollet meurtri, le capitaine s'extirpa de la tourelle et se laissa glisser en bas du glacis avant. Une haie de noisetiers masquait les deux engins. Tandis qu'il marchait dans leur ombre, soudain, le capitaine renversa la tête en arrière pour tâcher d'apercevoir le ciel. Les fines branches des arbres traçaient sur le plafond perle un motif épuré de croisillons noirs. Simple. Délicatement dessiné. Beau.

Simplify me when I am dead...

Le sifflement aigu à lui seul destiné se perdit dans le tumulte général. Le capitaine n'avait rien entendu. Soudain, un panache verdâtre s'épanouit là-haut, parmi les feuilles. En jaillit un essaim vrombissant de minuscules insectes brillants.

Ce n'étaient pas des lucioles. L'espace d'un instant, le capitaine Douglas put se méprendre. Un bref sourire se peignit sur ses lèvres. Hors de son char. Comme au Wadi Zem-Zem.

Quelque part, il entendit quelqu'un hurler : « Mortier ! »

Puis tout devint noir, en lui et autour de lui.

2

Comment on rate une bourse

« Était-il vraiment nécessaire, cet épilogue ? »

C'était là, selon ce que m'avaient appris mes maîtres, un parfait exemple de *question rhétorique*. Puisqu'il avait fait partie de la confrérie, M. Beaurains n'attendait aucune réponse de ma part.

« Vous auriez dû m'en toucher un mot avant la séance, monsieur Dutrieux. Ou au moins le joindre à la version originale de votre mémoire. J'ai découvert cet appendice après les membres du jury. C'est fâcheux. Osons le dire, sur ce coup-là, vous m'avez court-circuité. Dans ce contexte particulier, vous comprendrez donc qu'il m'était difficile de mieux vous défendre… »

La raison parlait par sa bouche de vieux sage. Pour autant, même si, en effet, je n'avais pas joué tout à fait franc jeu avec lui, je devinais au ton de sa voix, où le reproche se mâtinait déjà de mansuétude, que son absolution m'était acquise. Seul l'effet défavorable sur le jury le chagrinait. Ce panel de spécialistes plus ou moins pointus s'était formalisé de ma conclusion.

« Quoi qu'il en pense et quoi qu'il en dise, poursuivit-il, le milieu académique est très conservateur. Terminer un mémoire à prétention scientifique, fût-il consacré à un poète, par un morceau de bravoure relevant de la fiction, et en français qui plus est… D'un point de vue formel, c'est une audace presque déplacée. Bref, vous êtes un peu sorti des clous… »

Nous nous étions encore perdus. Dans un ministère, rien de plus aisé. Les couloirs de celui-ci répétaient des alignements de portes closes, décorées de codes aussi techniques que sibyllins. Malgré – ou peut-être à cause de – mon aversion pour Godard, je me sentais un peu comme Lemmy Caution cherchant en vain son chemin à travers les dédales anonymes d'Alphaville. Une fois de plus, au risque de tourner en rond, nous fîmes volte-face dans l'espoir de retrouver les ascenseurs.

« J'ai conçu ce texte comme un exercice de style, mentis-je. La biographie de Keith Douglas ne comporte pas tant de trous. J'ai simplement eu envie de les combler à ma façon. D'après les témoignages publiés, les faits que je mets en scène sont tous potentiellement crédibles. La fiction apporte du liant et met ces faits en perspective, rien de plus. Douglas a si souvent évoqué sa mort telle qu'il la pressentait… Il me paraissait juste d'en parler telle qu'il aurait pu la vivre… Ou du moins d'essayer. »

À demi dissimulés derrière un rideau de plantes vertes, les ascenseurs apparurent enfin au bout d'une enfilade.

« Je ne critique pas votre choix, monsieur Dutrieux. Pour ma part, je l'apprécie plutôt. Trop souvent, les examinateurs confondent culot et arrogance. L'imaginaire a ses droits et je reste partisan d'une forme de *gai savoir*. Ça m'a été reproché, par le passé… »

La cabine descendait les étages en douceur, à vitesse administrative. Enfin, les portes s'ouvrirent sur le grand hall, où un autre contingent de plantes en pot marinait dans une lumière d'aquarium. M. Beaurains luttait avec une manche rebelle de son imperméable. J'avais déjà ma veste sur le dos. Je l'aidai.

« C'est juste dommage pour votre bourse », conclut-il.

Absente en début de matinée, la pluie s'était mise à tomber. Quand nous débouchâmes sur le perron du ministère, je regrettai d'avoir laissé mon anorak à la maison, de même que le bonnet de marin qui me tenait lieu d'occasionnel couvre-chef. Mais ça m'était, au fond, un peu égal. Car à l'intérieur du bâtiment, je venais de prendre sur la tête une douche symbolique, dont je pensais mettre quelque temps à me sécher.

Rendu prévoyant par l'âge, mon promoteur ouvrit un vaste parapluie noir – ustensile dont je différais assez stupidement l'acquisition. À vingt-quatre ans, le port d'un riflard m'eût inscrit d'office dans la catégorie des bourgeois en herbe. Pour autant, M. Beaurains s'avérant partageur, je ne poussai pas la bêtise jusqu'à refuser l'offre qui m'était faite de cheminer à l'abri de l'ondée vers le premier café qui se présenterait. Dans sa grande générosité, mon professeur payait le verre. Malgré la légère déconvenue qui l'affectait au moins autant que moi, il assurait que nous l'avions tous deux bien mérité.

Si, sous son parapluie, mon maître en littérature anglaise avait coiffé un melon, j'aurais pu me croire transporté dans quelque rue de la City, sur un trottoir mouillé de Fleet Street ou de Ludgate Hill. Mais non, nous marchions bel et bien dans le centre de Bruxelles qui, elle, n'avait eu besoin d'aucun Blitz pour panacher d'horreurs urbanistiques la majesté originelle de son patrimoine architectural. La sortie des bureaux embouteillait de carrosseries luisantes les boulevards de ceinture et les piétons pressés se faufilaient comme ils le pouvaient dans le trafic roulant au pas sans attendre la sanction des feux de circulation.

« Vous avez raté la bourse, mais vous décrochez le titre. »

Lauréat du concours universitaire de l'État, la belle affaire. Sans doute M. Beaurains se sentait-il obligé de jouer les consolateurs. S'imaginait-il à moitié responsable du demi-échec de ma démarche ? Car j'avais posé ma candidature au concours sur son seul conseil. Dédié à la poésie de Keith Douglas, mon mémoire de fin d'études avait suscité l'enthousiasme sincère de ce vétéran des amphithéâtres, davantage connu dans le Landerneau académique pour ses réels talents de pédagogue que pour son ardeur à jouer les patrons de cénacles et à pondre des articles abondamment commentés dans les revues savantes du Royaume et d'ailleurs. J'aurais pu choisir un directeur plus en vue et briguer ensuite un poste d'assistant au sein d'un autre département.

Les rebuffades du jury, stigmatisant pêle-mêle un anglais trop écrit, un défaut de contemporanéité du sujet choisi, un désintérêt condamnable pour les plus récentes avancées en matière de théorie littéraire et, surtout, la contamination de mon style par une manière d'humour aussi déplacée qu'heureusement allusive, achevaient de prouver que, en espérant emprunter cette voie-là, j'avais à coup sûr fait fausse route. En son temps, pour parvenir au statut qui était le sien, M. Beaurains avait dû se montrer à la fois plus compétent, plus souple et plus endurci que je ne le serais jamais.

« Tant pis pour le voyage, dis-je. De toute façon, avec le service militaire qui m'attend cet été, c'était fichu d'avance. »

La pluie n'incitant pas à la flânerie, nous marchions d'un bon pas, selon un parcours censé nous rapprocher du parking où M. Beaurains avait laissé sa vénérable berline. Il n'oubliait pourtant pas sa promesse. Dans les couloirs de la faculté, les mauvaises langues chuchotaient que mon professeur combattait sa mélancolie par de réguliers hommages au roi Gambrinus. Et de fait, une taverne finit par attirer son attention. Elle n'avait pourtant rien de remarquable et relevait d'une honnête moyenne d'établissements discrets, quelque part entre le café d'habitués et le bar pour touristes peu soucieux de couleur locale. Notre vieille université assurant le contrepoids provincial de sa rivale bruxelloise, cadette de quatre bons siècles, nous évoluions en terre presque étrangère, où les repères comme les repaires, en particulier sur le chapitre des rafraîchissements, nous faisaient un peu défaut.

Quand nous prîmes place à une table libre, je ne fus pas long à réviser mon jugement. Car la carte proposait une étonnante variété de bières britanniques, de l'ale la plus blonde à la stout la plus brune. Le rapide atterrissage de deux pintes sur les cartons armoriés correspondants me permit de constater, dès la première gorgée, qu'elles étaient en outre servies à température insulaire – fallacieusement réputée tiède selon les censeurs continentaux et les lecteurs d'*Astérix*. À en juger d'après le clin d'œil complice du garçon, beaucoup moins *british* que ses boissons, ce pub douillet niché en lisière des boulevards constituait un point de chute régulier de M. Beaurains lors de ses passages par la capitale.

Avant d'entamer sa Guinness, il leva son verre aussi haut que ses broussailleux sourcils et porta un toast.

« Au nouveau lauréat ! »

Je l'imitai, au toast près. J'avais opté pour une pale-ale un peu trouble et très plate. Nous bûmes en silence.

« En tout cas, je dois vous remercier, monsieur Dutrieux. »

À mon tour, je déposai mon verre.

« Vraiment ? » fis-je.

Un fin sourire crevassa ses joues grises.

« Keith Douglas, il fallait oser. Une très belle œuvre, trop peu étudiée chez nous… J'ai essayé, à mes débuts. Les étudiants n'ont pas suivi. L'air du temps, comprenez-vous ? Quand le pacifisme indiscriminé est de bon ton, un poète qui meurt sous l'uniforme est forcément suspect. Et puis, quel personnage ! Œuvre brève, par définition. Ça ne la rend que plus poignante, plus essentielle. Si Ted Hughes ne l'avait pas remise en lumière, et de quelle manière, qui la lirait encore ? »

Il hocha gravement la tête.

« *Remember me when I am dead…* Il ne se doutait pas à quel point il avait raison. Tout le monde devrait connaître ces vers-là. »

Sous les paupières mi-closes, il me sembla déceler une nuance d'émotion dans le bleu très clair de son regard. Une bière ne pouvait agir si vite, surtout chez un amateur de sa trempe. Ému à mon tour, voire embarrassé, je dus chercher mes mots.

« J'espère ne l'avoir pas trop simplifié… »

Pauvre allusion au poème en question. À nouveau, il hocha la tête d'un air à la fois nostalgique et pénétré.

« Vu de mon côté, un sujet rafraîchissant... En règle générale, voyez-vous, mes étudiants croient judicieux de choisir pour leur travail de fin d'études un auteur figurant au programme. Comme si le temps m'était laissé d'explorer le palais des Muses de la cave au grenier ! Résultat des courses : tous ces vaillants chasseurs de diplômes se cantonnent la plupart du temps, pour me complaire espèrent-ils, à l'exégèse des vaches sacrées, sur lesquelles tout a déjà été dit et redit mille fois mieux qu'ils ne pourraient le faire un jour. Vous n'imaginez pas, monsieur Dutrieux, le nombre ahurissant de mémoires sur Keats, Shelley, T. S. Eliot, Auden ou Sylvia Plath que doit se farcir un prof de littérature anglaise à l'université. Quant à espérer une approche innovante ou simplement originale de ces grandes œuvres, ne rêvons pas. Neuf fois sur dix, il s'agit d'insipides compilations, truffées de guillemets pour les plus honnêtes d'entre elles. Tenez, depuis trente ans que j'enseigne en faculté, le compte de ces pensums aurait dû me décourager. C'est qu'il y aurait de quoi sauter par la fenêtre d'un rez-de-chaussée ! Ces derniers temps, surtout... Mais vous comprendrez vite, à votre propre échelle, quand vous devrez corriger des copies à longueur de soirée... Ça use son bonhomme. »

Le moment était venu de le détromper. Quelque chose me soufflait qu'il s'attendait à l'annonce que j'allais lui faire. Vu mes indigentes capacités manœuvrières et mon manque d'entregent, je savais la voie de l'assistanat barrée. Quant à donner des cours dans l'enseignement secondaire, ce qui revenait à faire lire le *Times* ou le *Standaard* et à passer en boucle des tubes pop année après année jusqu'à la retraite, pour le douteux bénéfice de potaches boutonneux et chahuteurs, des stages apparemment réussis mais intimement catastrophiques m'en avaient dissuadé.

« Je ne compte pas enseigner, monsieur Beaurains. »

Le soupir que poussa mon mentor, j'eusse été bien incapable de décider s'il traduisait le dépit ou une forme de soulagement. Il reprit son verre, le fit lentement tourner dans la lumière d'une applique comme s'il cherchait à percer la noirceur du breuvage.

« Vous connaissant comme je vous connais, monsieur Dutrieux, je n'oserais prétendre que cela me surprend. Dans le genre, vous n'êtes pas mon premier cas. C'est rassurant... »

Puisque sa bière lui demeurait opaque, il revint à une façon plus éprouvée d'en traquer les secrets. Dans son verre, le niveau baissa rapidement de quelques pouces.

« En fait, vous me rappelez un de mes anciens étudiants. Lui, assez curieusement, s'était entiché d'un autre poète, à la fois célèbre en Angleterre et très méconnu ici, au point d'en faire le sujet de son mémoire. Vous le connaissez peut-être...

— L'élève ?

— Non, le poète. Un certain Wilfred Owen.

— C'est l'autre guerre, ça.

— Définition assez réductrice...

— Douglas parle de lui dans sa correspondance, je crois.

— Le contraire serait étonnant. On ne pourrait pourtant rêver deux œuvres plus différentes sur un sujet commun. Même si Douglas, lui, n'a pas attendu la guerre pour devenir un superbe poète. Il faut lire *Canoe*, par exemple, écrit à Merton College... Quand on songe qu'Owen et

Douglas sont tous les deux morts en France, aussi jeunes l'un que l'autre...

— Vingt-quatre ans, c'est aussi mon âge.

— Rassurez-moi, monsieur Dutrieux ! s'esclaffa-t-il. Vous n'êtes pas pressé de nous quitter, j'espère ?

— Ma fiancée ne serait pas d'accord.

— J'imagine bien ! En parlant de votre fiancée, ne vous avisez pas de terminer son mémoire à sa place. Je reconnaîtrais votre style entre mille. Jusqu'ici, mademoiselle s'en tire, quoique ce soit un peu laborieux. Mais pour en revenir à mon propos, figurez-vous que l'étudiant dont je vous parlais, comme vous si vous tenez parole, a renoncé à une carrière dans l'enseignement.

— Et que fait-il ? Ça m'intéresse.

— Je m'en étonne moi-même. Aux dernières nouvelles, il est inspecteur à la police judiciaire.

— Il aurait dû écrire un mémoire sur Agatha Christie.

— Raymond Chandler, plutôt. J'en rêverais. Quel styliste ! »

Sans doute ne croyait-il plus à pareille bonne fortune, car sur un profond soupir, le reste de sa pinte y passa. Pour ma part, j'avais à peine bu la moitié de la mienne. Tandis qu'il faisait signe au garçon, lequel abaissa illico, avec la gravité d'un maître de cérémonie, le bras nickelé de sa pompe à bière, M. Beaurains lâcha la question qui devait le tarauder depuis un bon moment.

« Puisque nous voilà entre nous, monsieur Dutrieux, et débarrassés une bonne fois pour toutes des précautions académiques... »

La sœur jumelle de sa défunte Guinness descendit de son plateau et prit place sur son carton. Entre lui et le garçon existait décidément un canal de communication secret.

« D'où cet intérêt pour Keith Douglas vous est-il venu ? »

Sur une inspiration aussi profonde que son soupir de tout à l'heure – et quelques lampées de pale-ale –, je me lançai alors, à brûle-pourpoint, dans une énumération de motifs, tous plus sincères les uns que les autres. Je commençai par la fascination que pouvait inspirer un homme lucide écrivant au bord de sa propre mort, embrayai sur sa recherche obstinée d'une poésie dépourvue de clinquant, exclusivement préoccupée de vérité, insistai ensuite sur l'indémodable actualité d'un témoignage vierge de tout moralisme convenu et, avec feu, conclus ma démonstration par la vibrante louange d'une esthétique radicale, à l'épreuve des maniérismes décoratifs comme des obscurités de sens où le vide d'une pensée se donne des airs de densité et de profondeur.

M. Beaurains s'était remis à hocher la tête avec une conviction dont je pouvais sentir le fond de complicité. Pourtant, pas davantage qu'au ministère, je ne jouais absolument franc jeu avec mon vieux professeur. Car sans rien retrancher à toutes les excellentes raisons dont je venais de dresser la liste, l'essentielle motivation qui avait sous-tendu mon étude de l'œuvre douglassienne reposait ailleurs. Personne n'en était au courant. Ni Caroline ni mes amis les plus proches n'en savaient rien. Seuls mes parents peut-être, s'ils avaient lu l'anglais, et mon père en particulier, auraient pu concevoir de légers soupçons. En fait, ma rencontre posthume avec le fantôme de Keith Douglas s'était d'abord et avant tout placée sous le patronage d'un autre fantôme.

Celui de mon grand-oncle.

Depuis quelque temps, un tirage de son portrait en réduction ne quittait plus mon portefeuille. Il y côtoyait celui, beaucoup plus récent, de l'accorte Caroline, dont un accident de parcours avait retardé d'un an la conclusion d'études universitaires jusque-là communes aux miennes. J'aurais pu mettre M. Beaurains dans la confidence. Le vieil homme, j'en étais sûr, eût apprécié cette marque de confiance. Mais j'avais toujours différé ce moment de partage, sans doute parce que subsistaient en moi, comme chez tous les timides pathologiques, la crainte du ridicule et une méfiance enracinée envers les manifestations trop voyantes de l'émotion sous toutes ses formes. Encadré, le même portrait militaire m'attendait dans ma chambre, sur le dessus de marbre de la commode.

En outre, en cela différent des dizaines, des centaines de défunts muets qui formaient la procession de mes ancêtres, dont seuls les premiers rangs échappaient à l'ombre des âges, ce portrait possédait une voix. Pour l'entendre, il me suffisait de tourner les pages d'un carnet toilé, dont la dernière phrase, tracée d'une main qu'on eût dite étrangère à celle des autres notes, avait intrigué mon grand-père et mon père avant moi. La ténuité du lien – mon grand-oncle ayant disparu bien avant ma naissance – et le temps écoulé depuis lors avaient agi en sens contraire de ce à quoi mes ascendants directs s'étaient attendus. Car si cette ultime réflexion jetée en deux lignes sur le papier avait suscité leur perplexité, pour ma part, elle avait fini par me hanter.

Mais ce n'était ni le lieu ni le moment de m'en expliquer. Même incomplètes, les raisons évoquées satisfaisaient la curiosité respectueuse autant que légitime de mon promoteur. En douce, je jetai un coup d'œil à ma montre. Si M. Beaurains n'avait qu'à récupérer son carrosse dans un parking proche, il me fallait attraper un train à la gare Centrale. Le prochain omnibus en direction de La Hulpe et Ottignies partait dans vingt-cinq minutes.

Mais à l'évidence, l'homme avait tout son temps.

« Donc vous partez bientôt sous les drapeaux ?

— Pas le choix. C'est pour le mois d'août.

— Vous auriez pu vous faire réformer. Ça n'a pas l'air compliqué. Mes étudiants se débrouillent, d'habitude. »

Contrairement à beaucoup de mes contemporains, pour avoir lu Koestler et Orwell, j'étais du genre à penser, sans le crier sur aucun toit ni en faire non plus aucun mystère, qu'il ne valait pas nécessairement mieux être rouge que mort et que, en conséquence, la démocratie dite parlementaire, peut-être le moins mauvais régime ici-bas, méritait d'être défendue par ceux qui profitaient un tant soit peu de ses modestes bienfaits. Mais dans les milieux intellectuels que je fréquentais, le rapport avec dix mois de service militaire au sein de la glorieuse armée belge n'en devenait guère plus évident – et moins encore obligé. La majorité des diplômés n'y voyaient qu'une perte de temps et un frein mis au démarrage d'une carrière professionnelle forcément prometteuse.

« Votre fiancée, qu'est-ce qu'elle en dit ?

— Pas grand-chose. Sinon que ça recule le mariage.

— Officier de réserve, alors ? Avec votre diplôme…

— Justement non. Selon elle, ce serait trop long. »

Caroline s'était montrée inflexible sur le sujet. Quand, pour moi, l'heure de la quille sonnerait, elle comptait bien avoir décroché un poste dans son ancien collège, où elle avait conservé des relations avec les bonnes sœurs. Puisque, selon un schéma classique, nos familles bien-pensantes ne concevaient pas le mariage comme une entreprise où le mari, fût-ce pour un bref laps de temps, vivait aux crochets de son épouse, raccourcir de quatre mois la béance du service militaire entre diplôme et premier emploi tombait sous son bon sens féminin. Selon elle, une étoile en laiton et un grade de carnaval ne valaient pas un tel sacrifice. J'en serais donc quitte pour viser au mieux les trois chevrons de sergent – lesquels n'exigeaient aucun gaspillage temporel.

« Eh bien, monsieur Dutrieux, il ne me reste alors qu'à vous souhaiter de bonnes vacances. Vous avez prévu de partir ?

— Dans un premier temps, oui.

— Dommage, pour la bourse. Elle aurait pu vous aider.

— Elle n'était pas indispensable. Caroline a passé son permis de conduire et nous comptons faire un saut jusqu'en Normandie. Les plages du Débarquement, entre autres.

— Vous m'en direz tant ! On doit commémorer les quarante ans, j'imagine ? Ça s'appelle avoir de la suite dans les idées. Sous ce rapport, il est vrai que vous n'êtes pas suspect.

— Je crains bien que vous n'ayez raison. Si tout se passe comme prévu, un arrêt au cimetière de Tilly-sur-Seulles va s'imposer.

— Dans ce cas, vous *lui* transmettrez mon bonjour. »

L'heure avançait. M. Beaurains s'en avisa. Il parvint à finir sa deuxième bière avant que je pusse seulement vider la mienne. J'espérai que sa conduite jusqu'à Liège n'en serait pas affectée.

Nous nous séparâmes sous la marquise du café. Le ciel avait rangé ses arrosoirs et un petit soleil blanc cirait du mieux qu'il pouvait l'asphalte de la chaussée. Son pépin sous le bras, M. Beaurains s'éloigna en direction de la Grand-Place d'un pas aussi ferme que rectiligne. Quand il disparut à l'angle de la rue, je décidai de l'imiter, mais dans l'autre sens, vers le haut de la ville où la gare Centrale m'attendait à mi-pente. Sur le chemin, je trouvai une cabine téléphonique miraculeusement snobée par les vandales et, moyennant toute la mitraille qui traînait au fond de mes poches, annonçai à qui de droit le résultat de ma prestation. Caroline d'abord, mes parents ensuite. La première déplora l'évaporation de *notre* bourse, les seconds me félicitèrent pour le titre qui, semblait-il, sonnait bien. Mon père profita de la communication pour me rappeler quelques consignes concernant la gestion quotidienne de la maison. Lui et ma mère achevaient de trier les meubles dans l'appartement de mon défunt grand-père, qu'ils ne comptaient pas fermer avant deux semaines. La dernière pièce de vingt francs tomba au moment où il abordait la délicate question du chauffe-eau électrique.

Dans le train, bourré de fonctionnaires et d'employés provinciaux regagnant leurs pénates, la fatigue m'obligea à prendre la dernière place libre à côté d'un type d'à peu près mon âge, très conformiste dans son blouson de cuir griffé et ses mocassins à glands. Un walkman flambant neuf sur les genoux et des écouteurs orange sur les oreilles, il travaillait consciencieusement à sa future surdité sur le premier et dernier tube en date de Frankie Goes to Hollywood. À en juger d'après son air sérieux, limite constipé, le sens graveleux des paroles devait lui échapper.

C'était la version longue. Le chanteur n'avait toujours pas réussi à conclure quand, non sans un certain soulagement, je pus m'extraire du compartiment et descendre sur le quai de la gare. L'accalmie n'était qu'un leurre. Après s'être éclipsée, la pluie avait pris le train en filature pour mieux le rattraper à l'entrée du Brabant wallon. Au pas de course sur les graviers, je m'engouffrai dans l'escalier puis gagnai la sortie via le passage souterrain.

Quand j'engageai la clé dans la serrure et ouvris la porte d'entrée, j'étais trempé comme une soupe. Son forfait commis, l'averse poursuivait sa route vers le sud de la province et le soleil, à coups de rayons embarrassés, déjà rougissants, dressait un premier état des lieux avant de torchonner tout ça.

Depuis la discussion au café et ma savante manœuvre d'évitement devant la question de M. Beaurains, j'éprouvais le vague besoin de me rassurer, de reprendre contact avec un récit intime dont, jusqu'à ce jour, j'échouais encore à définir les limites. Il avait beaucoup évolué au fil du temps. De simple héritage familial, fruit d'une épopée aux multiples et subtiles variations selon le point de vue adopté par chacun de ses narrateurs, il s'était peu à peu mué en célébration d'une aventure héroïque pour enfant rêveur, avant d'acquérir, vers l'adolescence, le statut hybride d'un évangile apocryphe, sujet à remise en question comme à dévotion. Le jeune adulte que j'étais devenu – mais l'étude et le goût de la littérature ne compromettaient-ils pas une adhésion pleine et entière au monde tel qu'on me le proposait ? – se retrouvait, lui, confronté à la survivance obstinée et pour bonne part imaginaire d'un ancêtre qui, en fin de compte, s'était révélé un rameau sec dans l'arbre généalogique de la famille Dutrieux.

Quand j'eus mis ma veste à sécher près de la chaudière et passé une serviette à travers mes cheveux, j'évitai l'autel laïc, dépourvu de cierge mais pas de ruban noir, qui se faisait oublier dans un coin obscur du salon, pour gagner ma chambre où le même portrait en noir et blanc, d'un tirage plus réduit, trônait sur ma commode derrière celui, en couleur, d'une Caroline pour une fois flamboyante, dans une tenue affriolante que mes amis, pour leur part, jugeaient plutôt convenue. Je pris le cadre entre deux doigts, l'approchai de la fenêtre et en chassai les reflets.

S'il n'était pas personnellement responsable de mon patronyme, Frédéric Dutrieux l'Ancien m'avait légué son prénom. À l'époque de ce cliché, pris en 1943 selon la légende inscrite au verso, bien avant la Normandie et Sallenelles, il avait lui aussi vingt-quatre ans. La photographie était issue d'un fonds d'archives. Avec une nonchalance étudiée, mon grand-oncle y portait, incliné sur l'oreille, le béret noir des cavaliers du First Belgian Group, piqué de ce lion rampant qui, selon un commentaire de son carnet, avait tout l'air de faire un bras d'honneur au photographe. Le fauve était belge, l'uniforme britannique. À le voir ainsi, avec ce visage lisse et frais, on peinait à croire que ce jeune homme avait déjà trois années de guerre au compteur. En compagnie de deux camarades du 13ᵉ de ligne, le sergent milicien[1] Dutrieux, en effet, avait désobéi aux consignes royales et refusé de se constituer prisonnier avec le reste de son régiment. Via Dunkerque, il avait rejoint l'Angleterre et la poignée d'irréductibles ou d'égarés – biffer la mention inutile – bientôt parqués au fin fond du pays de Galles en attendant l'improbable renaissance d'une force armée qui, à terme, deviendrait la brigade Piron.

1. *Pour le lecteur français* : équivalent en Belgique d'« appelé du contingent ».

Je déposai le cadre sur la tablette de la fenêtre, non sans noter, une fois encore, l'indéniable parenté avec le portrait de Keith Douglas, due en bonne partie au béret noir. Mon grand-oncle, lui, ne portait pas la moustache – chez Douglas, elle constituait un attribut tardif et intermittent. Contrairement au poète, s'il fallait en croire ses états de service et le contenu de son carnet, il n'avait jamais conduit de char mais bien une motocyclette. Aux dires de mon défunt grand-père, je lui ressemblais beaucoup, d'où la pertinence rétrospective de mon prénom, reçu en hommage au disparu. Mon père, lui, n'en était plus si sûr, au point de se montrer au pire sceptique, au mieux dubitatif. Sur base de quelques photos, il m'était difficile de trancher.

La deuxième pièce de mon musée reposait dans un petit boîtier en carton. À force de l'ouvrir et de le refermer, j'en avais usé le crochet. La soie rouge du ruban avait pâli, et les six bandes vertes viré au caca d'oie. Quant au bronze de la croix de guerre proprement dite, il ressemblait davantage à du laiton terni qu'à quelque métal précieux. Mon père avait tenté en vain de retrouver le diplôme correspondant parmi les papiers de son propre paternel. C'était malheureux, car la décoration de mon grand-oncle avait posé un problème administratif assez original. Elle ne pouvait en effet revendiquer l'adjectif *posthume*, dès lors que Frédéric Dutrieux, d'un point de vue technique, avait disparu, son cadavre n'ayant jamais été retrouvé. Sans en apporter la preuve, un cousin prétendait qu'elle avait été décernée *en absence*, terme douteux dont personne n'avait tenté de vérifier l'exactitude. Le flou dont s'entouraient les circonstances de ce décès sans dépouille avait généré pour la famille un imbroglio commémoratif plus douloureux encore, quand il s'était agi de faire inscrire le nom de mon grand-oncle sur le monument aux morts de sa ville natale. Dans un premier temps, ce nom avait été omis. Au bout d'une guérilla obstinée, mon grand-père avait obtenu réparation de l'injustice et, dix ans après la fin de la guerre, au mépris de l'ordre alphabétique, dans une police légèrement différente vu l'indisponibilité du précédent graveur, notre patronyme avait enfin refermé la liste des ultimes morts pour la patrie, aucun engagé du patelin n'ayant laissé sa peau au pays du Matin calme. Puisque mon grand-père avait déménagé loin de sa province et se prénommait François, la mention F. qui suivait le nom de famille se trouva vite à l'origine de quelques malentendus locaux, dont le caractère comique demeura longtemps débattu.

Mais l'incontestable et incontestée pièce maîtresse de ma collection, celle qui sans doute justifiait les autres faute de tout expliquer, était un petit carnet toilé, aux coins usés, aux pages jaunies et, par endroits, tachées d'auréoles brunâtres dont mon imagination d'enfant avait très longtemps voulu faire les traces sanglantes d'une blessure, peut-être bien la dernière. J'étais depuis lors revenu à des explications plus prosaïques. Selon ce que mon père m'en avait dit, au soir des combats pour la libération de Deauville, des parachutistes anglais avaient retrouvé ce carnet dans les fontes d'une motocyclette abandonnée au bord de la Touques, à hauteur de Saint-Arnoult. Le motard était demeuré introuvable. Les autorités militaires supposaient qu'il était tombé par malchance sur une patrouille allemande ou un groupe de traînards et, en conclusion d'un bref combat, dont témoignaient une dizaine de douilles de calibre .303, avait été emporté par la rivière dans un voyage sans retour. Aucune liste de prisonniers ne mentionnant son nom, il avait été porté disparu peu après la fin du conflit. Sans doute reposait-il comme beaucoup dans la tombe d'un inconnu.

Du pouce, je caressai la toile beige de la couverture, dont les eaux boueuses de la Touques avaient gondolé pour de bon l'épais carton. L'écriture, elle, avait résisté à l'humidité. Le contenu de chaque page m'était connu. Les premières notes dataient de juillet 1940 et de son arrivée à Tenby. Les dernières qui fussent un minimum circonstanciées remontaient pour leur part aux premiers jours d'août 1944 et s'interrompaient peu avant les violents combats de Sallenelles. Le reste, pour parodier Shakespeare, était silence – ou plutôt blancheur, si le papier jauni et souillé du carnet avait pu conserver cette qualité.

Entre ces notes prises au vol, rédigées dans un style correct mais dénué de toute prétention esthétique, les poèmes assuraient des transitions aussi surprenantes qu'elles pouvaient paraître incongrues. Dans un classeur jaune, mon grand-père avait réuni les pièces sans prétention, vers de circonstance et sonnets modérément lyriques, dont son grand frère avait jugé, avant son départ pour ce qui deviendrait une guerre, qu'elles pourraient lui plaire ou l'amuser. Ces poèmes-ci, à l'évidence plus matures mais pas davantage destinés à un public excédant les dimensions d'un mess ou d'un dortoir, témoignaient d'un art sincère autant que limité. Jusqu'à douze ans, j'avais vu en eux les déchirants vestiges d'une vocation fauchée dans la fleur de l'âge. Mes lectures ultérieures les avaient relégués dans une catégorie inférieure, faisant de mon grand-oncle l'épigone de petits-maîtres oubliés, quelque part entre Félix Arvers et Paul Géraldy. Techniquement méritoires mais convenues quant à leur contenu, ces pièces tournaient vite un peu court aux yeux du lecteur objectif.

Seule la dernière phrase – mais s'agissait-il d'un distique avorté ou d'une note interrompue ? –, tracée au crayon d'une main peu sûre et d'une écriture très différente, moins serrée, dont on pouvait se demander à juste titre si le propriétaire du carnet en était bien le producteur, sortait du registre utilisé jusque-là :

Si un jour tu peux lire ce qui figure ici, sache qu'à jamais
Quelque chose au-delà de nos vies et du temps nous a
[réunis.

Chaque fois qu'il m'arrivait de ruminer ces mots – ou ce début d'un poème à jamais inachevé –, outre une sensation de malaise, je percevais comme le soupçon d'une proximité, dont j'eusse été bien en peine de définir la nature. Chaque fois, me semblait-il, mon cœur se mettait à battre plus vite et plus fort. J'en venais à redouter un effet de cette arythmie héréditaire qui, deux mois plus tôt, avait emporté mon grand-père.

L'antidote était tout trouvé. Mon regard chercha l'autre portrait posé sur la commode. À demi écroulée sur un canapé chippendale, Caroline enrobait le photographe – moi-même, pour être précis – d'un regard fondant aussi subrepticement lascif que sa pose alanguie, laquelle mettait en valeur, sous la rigueur sévère d'un tailleur classique en tout point irréprochable, les courbes d'un physique des plus avenant. J'adorais ce type de compromis vestimentaire – ou de subtile contradiction.

Glissé sous le portrait de ma *Maja vestida*, le carton jaune pâle, grossièrement dactylographié, me parlait d'un avenir encore plus proche que notre mariage. Lui aussi, j'en connaissais le contenu par cœur, au mot près. Il était d'ailleurs fort succinct. Dans un délai de cinq mois, l'armée belge me conviait à subir ma période d'instruction militaire au Polygone de Bruinscheet. Ensuite, je prendrais le chemin de la Rhénanie pour un séjour de dix mois à Cologne, au sein d'une unité non précisée.

Une seule chose m'inquiétait. Nulle part, il n'était fait mention de mon futur grade de sergent – ou de maréchal des logis, selon les hasards de l'affectation. Pourtant, même s'il s'agissait d'un vœu somme toute assez idiot, je comptais bien que l'histoire repasserait les plats ou, du moins, rendrait un discret hommage à mon grand-oncle en ressuscitant ce syntagme nominal :

Sergent Frédéric Dutrieux.

On a les espoirs qu'on peut.

3

Bienvenue au Polygone

En remontant les quais sous l'immense verrière enfumée, les voyageurs en route vers la sortie ne pouvaient s'empêcher de lever la tête. Improbable fruit d'un XIXe siècle industriel et colonial, la gare Centrale d'Anvers élevait ses voûtes de cathédrale laïque par-dessus une luxuriance de portiques, de loggias et de galeries décoratives dont les ors, pour avoir terni, entretenaient malgré tout le souvenir d'un passé économiquement glorieux. Quiconque voulait retrouver au plus vite l'air libre et la lumière du jour devait d'abord gravir un escalier triomphal digne du foyer d'un opéra, dépourvu cependant des lustres en cristal qui eussent parfait cette illusion. La foule canalisée débouchait ensuite au pied d'une sorte de gigantesque autel, où la divinité mise à l'honneur n'était autre qu'une grande horloge, laquelle trônait en majesté au sommet de ce fond de scène.

Les aiguilles de bronze attestaient que le culte était correctement rendu. Le train spécial était entré en gare à l'heure annoncée. Ce matin, les compartiments bondés vomissaient sur les quais un contingent bigarré de jeunes gens portant valises et sacs de voyage, en vêtements civils, parmi lesquels des taches kaki et quelques bérets bleu foncé semaient des îlots de normalité militaire. Dans la cohue flamande, on entendait çà et là parler français. Pourtant, vu l'heure, il ne pouvait s'agir de touristes wallons ou bruxellois venus visiter le célèbre zoo voisin. La légende voulait qu'on entendît jusque dans la gare le cri des singes et le barrissement des éléphants. Ramollis par la captivité, les pensionnaires devaient faire la grasse matinée.

En ce petit matin d'été plutôt frisquet, le jour s'était levé tôt et l'agonie de l'aube rosissait pour quelques instants encore l'immense demi-rosace de la gare. Je bâillai à m'en décrocher la mâchoire. Caroline était venue me chercher à la maison avant les premières lueurs et, une fois les adieux faits à mes parents, m'avait conduit à Bruxelles dans sa petite voiture d'occasion qui, à force de shampouinages intensifs, sentait déjà le neuf. Saisi d'une nostalgie anticipée, j'avais tenté de glisser une main sous l'épingle de son kilt, pour me raviser rapidement par peur d'un accident de la circulation. Elle conduisait très droite, les yeux rivés à la route derrière leurs grands carreaux et les mains collées au volant. Sur le quai de la gare du Nord, elle avait écrasé une larme avant de m'embrasser avec plus de sérieux que de fougue, à son habitude. Tout en déployant un mouchoir repassé pour l'occasion, elle m'avait arraché une énième promesse de lui communiquer, dès que j'en serais averti, la date de ma première permission. Sur ce, je m'étais hissé à bord de la voiture et, puisque le compartiment semblait déjà complet, j'étais resté debout sur la plate-forme à côté de ma valise. Quand les portes à soufflets se refermèrent, Caroline comprit que, faute d'aucun accès aux fenêtres, le mouchoir blanc ne lui servirait qu'à se moucher. Ce qu'elle fit avec détermination. J'eus ensuite droit, au bout de son souffle, à un ultime baiser que l'irruption d'un chariot postal en bout de quai m'empêcha de lui rendre. Quelques secondes et quelques aiguillages plus tard, je m'étais retrouvé aussi célibataire que le prétendait mon état civil.

Anvers constituait l'ultime étape avant Bruinscheet. J'étais presque arrivé à destination. Les premiers éléments du comité d'accueil apparurent au sommet de l'escalier. J'avais escompté une ligne impeccable de policiers militaires à casquettes rouges. Au lieu de cela, quelques soldats miliciens aussi fatigués que leurs treillis, ornés de brassards censés les revêtir d'une douteuse autorité, assuraient un pointillé impressionniste supposé guider les recrues vers leur prochain moyen de transport. À voir leurs mines ennuyées et à entendre leurs réponses monosyllabiques aux questions que leur posaient les plus dégourdis ou les plus inquiets, on mesurait la profonde indifférence que leur inspirait le sort de leurs successeurs. Chacun suivant l'autre dans ce qu'il estimait être la bonne direction, le troupeau descendit une rue en contrebas des voies et atteignit bientôt une longue file de camions à l'arrêt, dont les derniers se noyaient dans l'ombre portée de quelques hautes façades éclectiques.

Les premiers gradés apparurent le long des trottoirs, affairés à consulter des listes et à les comparer. Leur incursion en force dans le domaine civil justifiait une évidente impatience à quitter les lieux. Les moteurs diesel tournaient au ralenti et l'odeur du gasoil imprégnait l'air humide. On pouvait se demander à quoi servaient les listes que manipulaient ces messieurs car, sur simple présentation de leur convocation, les conscrits se voyaient conviés à prendre place sous les bâches des camions. Le contrôle s'arrêtait là. De toute évidence, l'autorité militaire ne redoutait aucun embarquement à la sauvette de passagers clandestins.

Monter à bord tenait lieu de premier test physique, tant se hisser sur la plate-forme avec une valise et, pour toute aide, celle d'un marchepied lui-même haut placé, exigeait une souplesse et une adresse peu répandues chez les moins sportifs. Sur le point de me livrer à ce délicat exercice, revisité par l'inquiétude, j'avisai un officier à une étoile, porteur d'un inattendu béret marron parmi ses confrères uniformément coiffés de bleu. Car avant de me dissoudre dans le grand corps bienveillant de l'armée – fût-il d'un abord assez revêche –, il me restait tout de même un point à éclaircir. Dans le train, déjà, l'écoute involontaire des conversations, sans doute caractéristiques entre jeunes gens issus de quartiers populaires, avait renforcé ma crainte d'une maldonne.

Puisque nous n'en étions pas encore à former des rangs, je m'écartai du groupe et, rassemblant une politesse qui se voulait tout-terrain, m'approchai de l'officier, un type de mon âge ou à peu près. Par chance, celui-ci semblait désœuvré. Je lui trouvai une mine lasse, mais toutefois capable d'attention.

« Mon lieutenant ? Veuillez m'excuser… »

Il sourcilla. Ma connaissance des grades devait l'étonner.

« Adjudant, corrigea-t-il. Un problème ? »

Au temps pour moi. Je tâchai pourtant de ne pas me laisser démonter. Le ton, sinon amène, du moins correct, m'y invitait.

« Pour les sous-officiers de réserve, où dois-je m'adresser ? »

Une fois encore, il fronça les sourcils puis m'examina de la tête aux pieds. Sur le béret marron, un écusson rouge portait l'insigne argenté d'un bataillon de ligne. Or le Polygone que nous devions rejoindre était une caserne d'artillerie. Ma crainte d'une erreur administrative s'en accrut d'autant.

« Montrez-moi votre bristol. »

Je lui tendis ma convocation. Il la prit, la parcourut en diagonale, me la rendit et hocha la tête.

« Universitaire, hein ?

— Oui, adjudant. »

Un fin sourire détendit ses traits.

« Vous pouvez dire *mon* adjudant, si vous y tenez. Les COR[1] y ont droit, paraît-il. Mais bon, pour ce qui a l'air de vous tracasser... Comment dire ? Vous comprendrez vite votre erreur, monsieur Dutrieux. Ou alors votre malchance. Je parie sur la malchance... En attendant, montez vite dans ce camion. Et si vous voulez un conseil gratuit qui n'engage à rien, tâchez de vous faire remarquer le moins possible. Ici, on aime les profils bas. »

Aucune dureté dans la voix, mais une solide dose d'ironie. L'inverse m'eût peut-être mieux convenu. En tout cas, mon désir de bien faire s'évanouit d'un coup et mon optimisme avec lui.

« Donc, insistai-je, rien de prévu pour les sous-officiers ? »

Avec un fatalisme manifeste, l'homme haussa les épaules. Sur chacune d'elles luisait une étoile d'argent. Le jour encore avare m'avait abusé. Celle des lieutenants était dorée.

« *Vous qui entrez ici, abandonnez toute espérance*, conclut-il. J'en parlerai au chef du camp. Votre cas n'est pas

1. Candidat officier de réserve.

unique, j'en ai bien peur. C'est même un classique du genre. Mais si j'étais vous, je ne me ferais pas trop d'illusions. Bienvenue à l'armée ! »

Et sur un supplément de sourire – digne, je l'apprendrais plus tard, du prothésiste en dentisterie qu'il était dans le civil –, le futur officier de réserve me tourna le dos. Entendre du Dante dans la bouche d'un militaire eût dû me rasséréner. Au contraire, cela ne fit que m'inquiéter davantage. Certes, je ne sortais pas d'une forêt obscure mais, pour autant, j'ignorais combien de *bolges* m'attendaient derrière la toile de ce cinq-tonnes.

J'éprouvai quelque difficulté à grimper à l'arrière du camion, un imposant MAN dont le hayon baissé me tutoyait le menton. En outre, mû par une inspiration des plus fâcheuse, j'avais chaussé ce matin-là mes meilleurs richelieus à semelle de cuir, lesquelles glissaient sur le métal du marchepied.

Assis parmi les autres conscrits au milieu de la banquette, ma valise sur les genoux, ce n'était plus du Dante que j'entendais. À la faveur d'un long trajet, nombre de jeunes appelés avaient déjà lié connaissance à bord du train et brûlaient avec enthousiasme les étapes de l'amitié. Certains en étaient à s'échanger les photos de leurs petites amies et à aligner à leur propos des commentaires savants portant principalement sur leurs mensurations et leurs aptitudes à la gymnastique horizontale. D'autres épiloguaient sur les prestations catastrophiques de l'équipe belge à la coupe d'Europe de football ou manifestaient leur impatience de découvrir bientôt, parmi beaucoup d'autres, les joies du tir en rafale. À peu près tous, à divers degrés de croissance, affichaient coupe mulet, moustache clairsemée, boutons d'acné et mine bravache. Le plus âgé de ceux qui m'entouraient devait avoir dix-neuf ans, à tout casser. En d'autres mots, ces garçons composaient un panel représentatif du public auquel, si je n'en avais décidé autrement, j'aurais dû donner cours. Toujours actif, leur instinct de potaches semblait d'ailleurs les en avertir, car aucun d'entre eux ne m'adressait la parole. C'était de leur part – comme de la mienne d'ailleurs, puisque je demeurais immobile, muet et distant – davantage le résultat d'une gêne que d'une quelconque méfiance. À leurs yeux, j'avais dû me tromper d'adresse et atterrir dans un endroit où je n'avais rien à faire. Si tel était bien le cas, il était juste un peu trop tôt pour leur donner raison.

Le démarrage, aussi bruyant que violent, me fit l'effet d'une porte qui se fermait. Autour de moi, cela ressemblait à une sortie scolaire, mauvaises blagues comprises. Soudain, du haut de mes vingt-quatre ans, je me sentis très vieux, très déplacé.

Assez vite, le volume déclinant des rumeurs urbaines et la vitesse accrue m'apprirent que notre procession sortait de la ville pour s'enfoncer dans la grande périphérie. La bâche annulait le paysage alentour. Afin d'épargner à leur chargement de civils par nature resquilleurs une épidémie de rhumes réels ou imaginaires, les convoyeurs avaient rabattu la toile sur l'arrière de la plate-forme. De temps à autre, un conscrit curieux ou ennuyé en soulevait un pan qui, non content d'éclairer un instant la pénombre, dévoilait, outre les mufles anguleux des véhicules suiveurs, une portion de chaussée rectiligne et arborée. Pour la piétaille appelée à la défendre, la banlieue cossue de Bruinscheet, refuge réputé des diamantaires et autres capitaines d'industrie de la métropole anversoise, demeurerait une terre de mystère. Malgré les doutes qui m'assaillaient, je me sentais gagné par une torpeur proche du sommeil et, surtout, de la fuite. La dureté de la banquette et le bourdon des papotages voisins n'y faisaient rien. La route me berçait. J'avais envie d'être ailleurs.

Au bout d'un temps dont je ne savais s'il valait mieux qu'il prît fin au plus vite ou s'allongeât indéfiniment, la subite décélération du camion et un chahut d'engrenages dans la boîte de vitesses précédèrent un brusque virage à gauche. Toute la compagnie balança, épaule contre épaule, au milieu des rires et des vivats. À nouveau, la toile fut écartée. La chaussée bordée d'arbres avait disparu, le monde avait changé. Nous roulions désormais sur une voie bétonnée, à travers un paysage géométrique semé de parallélépipèdes rectangles en brique rouge.

Quand le camion stoppa, et d'autres devant et derrière lui – le chœur discordant des freins ne permettait aucune estimation de leur nombre –, le doute n'était plus permis : nous étions arrivés à bon port. Les choses sérieuses allaient commencer.

Au bout de la plate-forme, le grand jour dispersa l'obscurité. Aussitôt, comme un seul homme, tout le monde se leva dans un concert de grognements soulagés. Les fesses avaient souffert du trajet. Tels des moustiques, les voyageurs se pressèrent vers la lumière. Autour du camion, des gens marchaient à pas précipités, criaient dans une langue étrange, difficilement compréhensible, à mi-chemin entre le néerlandais et le français.

Parvenu au bord de la plate-forme, à bonne distance du plancher des vaches, je pus vérifier le soupçon qui m'était venu d'avoir commis ce matin une bévue en choisissant mes chaussures. Pour descendre du camion, au lieu de me retourner et d'utiliser le marchepied tel un étrier, je préférai en faire le palier d'un saut en avant. Mal m'en prit. La semelle de cuir glissa sur le métal. La poignée de ma valise dans la main gauche et l'autre main battant l'air, je fus incapable de me rattraper et chutai verticalement, droit comme un I et raide comme la Justice. En touchant le macadam, ma jambe gauche se tassa et j'entendis – ou plutôt perçus – un *crac* de fort mauvais augure dans le genou correspondant. Le cri resta coincé dans ma gorge mais la douleur fit le tour du propriétaire. Sans lâcher ma valise, les joues gonflées tel un Éole, j'exécutai sur place, jambe tendue, une danse à cloche-pied.

Pour autant, les jurons qu'en temps normal j'eusse à coup sûr proférés n'auraient pu couvrir les vociférations des caporaux lâchés sur notre petite troupe. Curieusement, elles étaient devenues presque intelligibles. Quand j'eus recouvré mes esprits, je compris que, si l'armée belge se voulait toujours unitaire et royaliste, elle ne pratiquait plus la mixité linguistique dans ses basses sphères. Le gros du contingent débarqué des camions, en rangs approximatifs et sous une pluie d'invectives en langue de Vondel, s'éloignait déjà vers plusieurs bâtiments voisins.

Sur le quadrilatère asphalté que nos caporaux, dignes héritiers des traditions militaires ramenées d'outre-Manche – à la diction franglaise près – nommaient le *parade ground*, on se retrouva donc bons derniers, en comité restreint, un peu esseulés dans ce vaste espace, entre francophones de tous poils et accents confondus. Au moins, les modestes auxiliaires du commandement avaient réussi à nous faire adopter une forme embryonnaire d'alignement, dont valises et sacs gâtaient néanmoins tout l'effet.

Mon genou douloureux ne m'empêcha pas de prêter une oreille anxieuse au discours de réception prononcé à quatre voix, lequel nous informait dans les grandes lignes qu'à partir de ce moment et entre ces murs, le concept d'individualité perdait pour nous une bonne part de sa pertinence, que nos qualités et défauts personnels n'entraient plus vraiment en ligne de compte dans l'éventuelle appréciation de nos actes et qu'enfin nous allions apprendre, sinon les vertus, du moins les rigueurs d'une discipline inconnue chez les jean-foutre de notre acabit – bref que ça allait barder pour les matricules que nous serions bientôt priés d'apprendre par cœur.

En outre, après un rapide passage par les chambrées, nous allions bientôt troquer notre statut de *militaires non équipés* contre celui de bidasses aptes et idoines, par l'opération magique d'un uniforme flambant neuf dans lequel chacun serait invité à se sentir tout ensemble à l'aise, propre et élégant. Pour ceux qui avaient visiblement mal lu les consignes annexées à leur convocation, les tondeuses de coiffeurs pour hommes peu portés sur le fer à friser les attendaient avec impatience.

Ce chœur martial avait beau enfiler tous les clichés attendus, dont l'absence eût peut-être déçu les amateurs de folklore militaire, j'en retirais pour ma part la légère stupéfaction qu'engendre toujours chez moi l'éternel constat selon lequel la réalité dépasse toujours, en matière de bêtise ou d'absurdité, les fictions qu'on brode à son propos. Le cirque auquel nous avions droit constituait pourtant le fruit rationnel d'une volonté supérieure.

Outre les quatre caporaux hurleurs, tous coiffés de bleu foncé comme l'exigeait leur appartenance à l'arme savante de l'artillerie, l'aréopage commis à l'exécution de cette volonté se réduisait à une trinité d'officiers subalternes, debout à l'écart du groupe, jusqu'ici muets mais sans aucun doute délégués à l'instruction des cinquante et quelques blancs-becs demeurés sur place.

Le chef, un sous-lieutenant artilleur de taille plutôt modeste, s'encadrait de deux adjudants plus grands que lui, aux bérets marron de lignards. Celui de gauche m'était connu, puisque nous avions échangé quelques mots à la sortie de la gare. Sans attendre que les caporaux eussent achevé leur adresse comminatoire, mon adjudant s'entretenait à voix basse avec son supérieur.

À intervalles irréguliers, l'un puis l'autre me considéraient d'un air entendu, ce qui me faisait regretter ma présence au premier rang et, surtout, m'inspirait une inquiétude renouvelée quant à la réponse qu'après tout, j'obtiendrais peut-être à la question qui me tarabustait. L'officier consultait une page tirée d'un classeur qu'il tenait serré sous le bras. Chaque fois qu'il se posait sur moi, son regard perçant, très pâle et très bleu, me semblait dénué de toute bienveillance. En m'adressant tout à l'heure à son subordonné, avais-je commis un premier impair ? Et si tel était le cas, devais-je improviser une première défense ?

Entre-temps, un caporal avait lancé l'appel des présences. Quand mes nom et prénom résonnèrent, je parvins à produire en écho les deux syllabes qu'attendait de moi le scribe de service. La litanie se poursuivit. À l'énoncé du dernier patronyme enregistré, qui commençait par la lettre *w*, on put constater qu'aucune désertion n'était à déplorer. C'était un premier succès.

Le caporal se tut. Enfin, le sous-lieutenant parut se désintéresser de ma personne et je lui en sus gré. Il s'avança et, d'un regard réfrigérant, passa en revue toutes les têtes du premier rang. Quand ce fut fait, il prit une profonde inspiration.

« Je suis le lieutenant Rakoczy, chef de votre camp d'instruction. Messieurs, je serai bref. Vous apprendrez à me connaître. J'attends de vous travail, respect et obéissance. Pour vous, sachez-le, la vie civile s'arrête ici et maintenant. Autres règles à observer, autre autorité à servir. Vous apprendrez cela aussi. Soyez corrects avec moi et je serai correct avec vous. Dans un mois, si tout se passe comme je l'espère, vous sortirez de ce lieu formés aux tactiques de base du fantassin, quelle que puisse être la nature de votre affectation ultérieure, dont je me fiche éperdument. Les futurs officiers qui m'accompagnent ici commanderont vos deux pelotons. Ils se présenteront à vous lors de la répartition. Ils seront mes relais. En attendant… »

Il marqua un silence pesant, que personne n'osa troubler. À l'évidence, ce jeune type suait l'autorité par tous les pores – ou du moins s'en donnait l'apparence très convaincante.

« Rompez, et suivez vos caporaux ! »

Presque soulagé, j'allais emboîter le pas à mes voisins immédiats quand une voix sèche m'arrêta.

« Monsieur Dutrieux ! Venez par ici, je vous prie. »

C'était bien après moi qu'il en avait. Le lieutenant Rakoczy me faisait signe d'approcher. Derrière lui se tenait mon adjudant de la gare Centrale. L'autre s'était éclipsé.

Je fis trois pas dans sa direction, assez pour sentir que mon genou commençait à chauffer. Troublé, toujours encombré de ma valise, j'esquissai une manière de salut.

« On ne salue qu'en uniforme, monsieur Dutrieux. »

Aussitôt, je compris que ce gars-là n'élevait jamais la voix. Il n'en avait nul besoin. Vu sa jeunesse et sa qualité d'artilleur, il devait avoir achevé de très récentes études d'ingénieur. Nous avions donc, selon toutes probabilités, à peu près le même âge.

« L'adjudant Bertrand m'a fait part de vos doléances. »

C'était un bien grand mot. J'allais tempérer. Il ne m'en laissa pas l'occasion. Son regard bleu me perçait de part en part. Sous le vernis de froideur affleurait, me sembla-t-il, une pointe d'agacement. Dans sa main droite, la page de dossier ne tremblait pas.

« J'ai ici un extrait de votre pedigree. Contrairement à ce que vous semblez croire, il n'y a aucune erreur vous concernant. Ceci est bien un camp d'instruction réservé aux simples soldats, point à la ligne. Je ne comprends d'ailleurs pas pourquoi… »

Il parcourut – sans doute une nouvelle fois – la feuille dactylographiée qui prétendait me résumer en quelques lignes.

« … vous ne vous êtes pas fait réformer. Je vois ici que pour ce qui concerne le physique, vous êtes classé P4. »

Ses lèvres dessinèrent une moue désapprobatrice. Moi et mes fichus scrupules : au dossier médical, j'avais joint comme exigé le compte rendu d'un lointain accident neurologique, consécutif à une méchante chute dans une cour de récréation. Les séquelles en avaient été aussi brèves que le traitement. À l'époque, je portais encore des culottes courtes. Mon candide souci d'exhaustivité se révélait carrément, pour le coup, contre-productif.

« Enfin, peu importe… Le résultat, c'est que vous faites tache dans mon camp. Les intellectuels de votre âge et de votre espèce s'intègrent difficilement parmi les recrues, dont certaines ont un niveau d'études très bas et devancent l'appel. Tout le contraire de vos semblables. Je suppose que vous n'aimiez pas assez l'armée pour ambitionner un grade ? Libre à vous, monsieur Dutrieux, si vous en acceptez les conséquences. Mais sachez-le, je vous ai à l'œil. Alors n'allez pas foutre le bordel dans mon unité. Soyez contractuel : restez à votre place et tout se passera au mieux. »

Sur ces aimables paroles, le sous-lieutenant se tut et me toisa – du moins eus-je cette impression, car j'étais plus grand que lui.

« Oui, mon lieutenant ! » ânonnai-je.

Satisfait, l'officier me tourna le dos et s'éloigna.

Ce type m'intimidait à tel point que, sur le moment, je m'estimai heureux de m'en tirer à si bon compte. J'en oubliai presque la douleur qui me lancinait le genou. Le sourire discret de l'adjudant Bertrand m'y aida, lui aussi. Son message était clair : il avait fait ce qu'il pouvait. Avec un peu de chance, si je m'étais acquis un ennemi dans la place, j'avais peut-être aussi trouvé un genre d'allié. J'allais avoir un mois pour vérifier cette intuition.

« Bienvenue à l'armée ! » m'avait-il dit.

Le seul qui eût pris cette peine.

Il jugea inutile de se répéter et s'éloigna à son tour.

Pour la première fois de la journée, avec une sorte d'effroi philosophique, je me demandai alors quelle place le bras armé de la Nation pouvait bien concéder à ceux qui s'aventuraient en son sein sans renoncer à voir en lui le produit d'une nécessité sociale et géopolitique. Bref, ceux qui s'obstinaient à penser.

Le premier échantillon n'avait rien d'enthousiasmant.

Un caillou réfléchissait-il, au fond de la bétonnière ?

En attendant, traînant la patte et ma valise, je gagnai le perron d'un grand bâtiment carré et rejoignis les attardés de ce qui allait devenir, pour trente jours au moins, mon peloton.

Ma deuxième famille, sûrement pas.

Here I am a stranger clothed
in the separative glass cloak
of strangeness...[1]

Bon, Bruinscheet n'avait certes rien de commun avec la Syrie de 1941. Mais la même cape de verre pesait sur mes épaules.

---

1. « Ici je suis un étranger drapé / dans la cape de verre séparatrice / de son étrangeté. »

4

L'incident

Si j'observais un silence des plus respectueux, mon estomac faisait, lui, acte d'indiscipline et gargouillait sans la moindre retenue. Pour me présenter à l'infirmerie, selon l'organisation dissuasive mise en place par le lieutenant Rakoczy, j'avais dû renoncer au repas de midi. S'il n'avait tenu qu'à moi, j'eusse reculé indéfiniment, jusqu'à n'en plus pouvoir, cette visite pourtant indispensable – et le ragoût aux salsifis qu'on servait ce jour-là à la cantine n'entrait pour rien dans ma décision. D'habitude, j'aime assez les salsifis. Mais ce matin, au deuxième tour de la course d'endurance, le short de gymnastique et une claudication de plus en plus marquée avaient fini par me trahir. L'hypertrophie suspecte de mon genou gauche avait sauté aux yeux de l'adjudant Bertrand. Après avoir tant bien que mal réussi à donner le change pendant une semaine presque complète, j'avais reçu l'ordre formel et militaire d'aller montrer ma guibolle au toubib du camp.

« Vous auriez dû venir beaucoup plus tôt ! »

Le jeune lieutenant-médecin parlait avec aisance un français plutôt livresque pour un Flamand de sa génération.

« Trois jours de plus et vous étiez bon pour l'hôpital ! »

Après m'avoir trituré la rotule dans tous les sens possibles – à chaque nouvelle orientation, j'avais été à deux doigts d'entonner une tyrolienne –, il m'ordonna de me reculotter et alla s'asseoir derrière son bureau, sous les portraits tutélaires du Roi et de la Reine dont les mines contrites donnaient envie de leur prescrire un tube d'aspirine. Mais a priori, l'ordonnance qu'il se mit à rédiger m'était bel et bien destinée.

« Vos ligaments ont souffert. Il vous faut un minimum de repos. Je suppose que c'est Rakoczy, votre chef instructeur ?

— Oui, mon lieutenant. »

Il eut une sorte de rire silencieux, hocha la tête.

« Ça ne va pas lui plaire, je vous préviens… Jusqu'à votre prochaine visite, je vous exempte d'exercices. Ne perdez surtout pas ceci. Je vous le fais en double exemplaire. Gardez-en un. »

Il tamponna deux feuilles manuscrites, qu'il me tendit.

« Inutile de passer par la pharmacie. Voici déjà de quoi vous soulager. Vous commencez le traitement tout de suite… »

D'un de ses tiroirs, il sortit une petite boîte rouge.

« Ce sont des anti-inflammatoires. Deux comprimés par jour, aux repas du matin et du soir. Mais n'attendez pas, pour la première prise. Faites juste attention à ne pas dépasser la dose indiquée, car c'est assez costaud, vous allez voir. »

Il en avait terminé. Péniblement, je me levai, recoiffai mon béret, me mis au garde-à-vous et saluai.

« N'en faites pas trop, dit-il. Bon courage, monsieur Dutrieux. »

Immobile, j'attendais le mot magique. Il soupira.

« *Hoe zeg je dat in 't Frans nog ? O ja...*[1] Rompez. »

Une fois franchie la porte de l'infirmerie où, pour la première fois depuis ce qui me semblait une éternité, j'avais pu me sentir un bref instant protégé de l'adversité, le charme s'évapora. La boîte d'anti-inflammatoires dans une main et les papiers dans l'autre, j'avançai tel un automate bancal, tâchant de faire le vide dans mon esprit et de vivre ainsi, une seconde après l'autre, sachant très bien pourtant que chaque pas me rapprochait d'une situation inévitablement délicate. Si l'exemption me mettait sur la touche d'un jeu de rôles où j'excellais sans trop savoir pourquoi, elle m'exposait aussi, j'en eusse mis la main au feu, à l'ire glaciale du redoutable Rakoczy, l'officier qui ne s'énervait jamais. Ainsi, avec une lucidité qui trouvait sa source dans mon pessimisme enraciné, je tenais déjà pour garanti que le lieutenant verrait dans mon repos forcé la confirmation de tous ses préjugés.

Dès le premier jour, Rakoczy avait vu en moi l'exemple typique de l'intellectuel bourgeois en herbe, désireux d'en finir au plus vite avec son devoir civique, ennemi naturel de toute hiérarchie basée sur la contrainte consentie, féru de sophismes pernicieux et donc adepte de la resquille sous toutes ses formes. C'était à désespérer. Moi qui, avec ce qu'il fallait bien nommer une belle dose de candeur, avais répondu à l'appel sous les drapeaux sans la moindre animosité de principe envers la chose militaire mais, bien au contraire, avec le désir sincère de participer de mon mieux à ce que je voyais encore comme un nécessaire effort collectif, je me retrouvais cloué au pilori par un représentant autorisé du corps auquel j'avais accepté de me

1. « Comment dites-vous ça en français ? Ah oui... »

soumettre. Sans doute mon zèle n'avait-il rien de manifeste ni de proclamé. Car je conservais, envers et contre tout, un sens du ridicule commun aux timides et aux gens réfléchis. Il fallait bien en payer le prix.

Pour autant, oubliant mon handicap autant que faire se pouvait, je m'étais assez vite aperçu, à mon très grand étonnement, que le savoir-faire militaire me venait avec facilité. Cela ne requérait pas beaucoup d'effort ni d'application. La plupart du temps, un soupçon de bon sens suppléait aux déficits physiques les plus gênants. Les premiers exercices tactiques à travers la bruyère du Polygone mirent en lumière l'aisance avec laquelle je m'entendais à exploiter la nature d'un terrain onduleux, semé de végétation basse et veiné de ruisseaux. Ramper présentait peu de difficulté dès lors qu'on n'y pliait pas obligatoirement la jambe, et les longues galopades à découvert, style charge à la baïonnette, récoltaient les sarcasmes et la censure de nos adjudants tant elles constituaient selon eux la manière la plus rapide de se faire tirer comme des lapins par un ennemi toujours prêt à exploiter ce genre de stupidité. Pour ma part, je veillais à progresser par petits bonds, à contourner tout obstacle en choisissant les flancs et, invariablement, à ne cavaler que dans l'exacte mesure du nécessaire et les limites de mes médiocres capacités. Mon handicap me rendait presque efficace. Au bout d'une semaine, je constatai donc qu'au lieu de me charrier, les jeunots du peloton, avec lesquels j'entretenais des contacts froids mais polis, prenaient le pli de m'imiter pendant les crapahuts de jour et de nuit, ce dont je tirai davantage de surprise que de satisfaction.

Pour ce qui concernait les activités d'intérieur, le maniement, le démontage et l'entretien du fusil d'assaut me conféraient une expertise de consultant très recherchée par les maladroits. J'eusse été bien en peine d'expliquer à quiconque comment j'avais si vite acquis un tel degré de compétence. En cinq minutes, sans vociférer comme les instructeurs, avec la patience du prof que je ne serais jamais, je leur montrais comment maintenir en place la culasse mobile chaque fois qu'ils ouvraient leur arme pour la nettoyer. En revanche, d'étranges réflexes parasitaient parfois ma pratique. Ainsi, sans que je susse pourquoi, lors des premiers drills de tir, comme s'il s'était agi de recharger, ma main droite cherchait le levier d'armement alors que celui-ci se trouvait de l'autre côté. C'était presque une chance, car le fusil automatique rendait pareille manœuvre absurde et contre-indiquée. L'explication fut vite trouvée. Elle valait ce qu'elle valait. Dans le cadre de mon mémoire, j'avais dû voir trop de films et de documentaires sur la dernière guerre, où les troufions britanniques et allemands se voyaient contraints de chambrer une nouvelle cartouche à chaque coup. Il allait falloir s'en souvenir au stand de tir. Par bonheur, aucun instructeur ne remarqua ces légers couacs. Ni surtout le lieutenant Rakoczy, lequel apparaissait rarement durant les cours et les exercices, préférant de loin, semblait-il, inspecter les chambrées en gants blancs, dans une traque impitoyable de la poussière et de la saleté en général.

Vu l'heure, la cantine fermait déjà et je ne tentai même pas de grappiller un fond de casserole auprès des cuisiniers qui, de toute façon, prenaient un malin plaisir à brimer les bleus, francophones en particulier. Il n'y avait pas loin entre l'infirmerie et le bloc où logeait le peloton. Malheureusement pour mon genou, les chambrées occupaient le premier étage sans ascenseur, ce qui me valut une ascension pénible, une marche à la fois.

Parvenu devant la porte, je frappai. Faute de réponse, j'entrai. Le local des adjudants tenait à la fois de l'arrière-boutique et du vestiaire de salle de sport, l'ordre en plus. L'adjudant Bertrand y disposait d'un bureau métallique badigeonné de gris, rouillé sur les coins, tandis que son collègue se contentait d'une table de jeu récupérée dans quelque mess, dont la feutrine élimée avait dû servir de piste d'atterrissage à quantité de flushs et de brelans. En l'absence de son dernier utilisateur en date, elle accueillait les bottines impeccablement cirées de l'adjudant Bertrand, installé sur son antique chaise à roulettes comme au fond d'un transat. Je l'interrompais durant sa pause, car il feuilletait un épais volume au format de poche, qu'il déposa sur une pile de rapports.

J'allais saluer. Il m'arrêta.

« Repos. Nous sommes entre nous… Alors ? »

Il s'étira, débarrassa la table de ses bottines.

« Exempt, mon adjudant ! »

Il dodelina du chef, sourit.

« C'est une bonne nouvelle. Enfin, disons que dans un monde normal, ça le serait. Le problème va venir d'ailleurs… »

Il se leva, alla se poster devant la fenêtre.

« Vu la couleur de votre béret et ce que je sais de votre dossier médical, la formation aux tactiques d'infanterie ne devrait pas vous être d'une grande utilité. La théorie suffit amplement et, pour ce que vous m'en avez montré sur le terrain, la pratique est déjà presque au point. Je vous ai d'ailleurs bien noté… »

Avec une jalousie un peu stupide, j'avais vu partir sur d'autres crânes les rares bérets noirs assignés à notre peloton. Le mien était kaki et me destinait à quelque obscur poste administratif dans le génie ou le corps logistique. Je ne serais donc ni sergent ni cavalier. Pourtant, il n'y avait rien là de bien tragique. L'armée vous apprenait vite à distinguer l'essentiel de l'accessoire, même s'ils différaient assez de leurs versions civiles.

« Rakoczy va râler… Faites attention à lui. »

Il s'écarta de la fenêtre, se dirigea vers une étagère. Il y prit un paquet emballé dans du papier alu.

« Comme je n'aime pas les salsifis, j'ai taxé un *lunch packet* au mess des officiers. Au passage, j'en ai pris un pour vous. Je ne vois pas pour quel motif vous devriez jeûner en plus de devenir unijambiste… J'espère que vous aimez les tartines au saucisson ? Celles au jambon n'ont aucun goût… »

Il déposa le paquet à côté de son livre. Je louchai sur le titre et la couverture. *La Divine Comédie*, en édition Marabout illustrée par Gustave Doré. L'adjudant Bertrand surprit mon regard.

« C'est un emprunt. Mon collègue est licencié en philosophie. Je me demande encore comment il a fait pour finir ici. Lui aussi, ça va sans dire… Franchement, seul "L'Enfer" est intéressant. »

J'étais à peu près de son avis.

« Pas au point de s'y incruster, mon adjudant. »

Son sourire s'élargit. Il me scruta d'un œil malicieux.

« Je vous le concède volontiers, monsieur Dutrieux. Pour vous, encore dix mois à tenir. Pour moi, un peu moins. En espérant que d'ici là nos amis russes s'abstiendront de faire du tourisme. »

Il poussa le casse-croûte dans ma direction.

« Allez, rompez ! Et ne m'obligez pas à vous rendre le salut. »

Sa pause était terminée. La mienne aussi. Il tira à lui un épais registre, l'ouvrit. Je fis de même avec la porte et pris congé.

Pour manger mes tartines en paix, j'allai me réfugier dans les chiottes qui, par extraordinaire, avaient l'air presque propres, en tout cas inodores et, pour certaines, disposaient encore d'un loquet. Depuis mon arrivée à Bruinscheet, la solitude était devenue une denrée rare qui se goûtait avec délices en des lieux appropriés – comme celui-ci – ou davantage clandestins. Luxe supplémentaire : dans ce cabinet pas forcément dédié à la lecture ou à la petite restauration, je pouvais aussi étendre ma jambe sans gêner le passage de quiconque et risquer qu'on l'emboutît.

Cinq heures plus tard, je commençais à évaluer l'étendue des effets pervers liés à mon exemption. Dûment missionné par un caporal, seul dans le réduit qui tenait lieu d'armurerie, j'en étais au nettoyage de mon quarante-troisième fusil d'assaut. La veille, le peloton avait pour la énième fois mené un raid victorieux à travers la bruyère du Polygone. Les jeunes couillons en avaient profité pour griller dans la joie une invraisemblable quantité de cartouches à blanc. Pour saloper les canons, on n'avait encore rien inventé de plus efficace. Avec le recul, je tirais presque consolation de n'avoir pressé la détente qu'à trois reprises, selon un principe aussi tactique qu'économique. Mon fusil, du moins, était le moins sale du lot. À force de ramoner un flingue après l'autre à grands va-et-vient d'écouvillon, je commençais à fatiguer du bras droit. Quant à la bombe de lubrifiant, son parfum acide n'entretenait qu'une très lointaine parenté avec les déodorants premier prix plébiscités dans les chambrées. Surtout, les francophones, minoritaires dans le camp, ne disposaient que d'un matériel incomplet et, faute de râteliers, devaient se débrouiller avec les vieux radiateurs en fonte qui ne chauffaient plus. Entre leurs ailettes, j'arrivais à caser quarante-huit des cinquante-deux FAL[1] attribués à chaque peloton d'instruction. Certains exemplaires hors d'âge ressemblaient davantage au fusil à tirer dans les coins qu'à une arme impitoyablement létale. Les chutes régulières, en cascades retentissantes, n'amélioraient pas leur état et valaient au maladroit responsable de la catastrophe une série variable de pompes et, dans tous les cas, une engueulade de grand style.

Néanmoins, outre ménager les genoux défaillants, l'exemption avait d'évidents bons côtés. Ainsi, pour un rêveur de ma trempe, la solitude de l'armurerie et de certaines corvées domestiques ménageait d'heureuses brèches dans le grégarisme obligatoire du peloton. En outre, les mains occupées laissaient l'esprit libre et ouvraient donc la porte à une forme d'évasion clandestine hors de la vie militaire et de ses servitudes. Mais ce répit, je le savais déjà, pouvait prendre fin à tout moment si le lieutenant Rakoczy sortait de son étonnante réserve et décidait à mon encontre quelque mesure de rétorsion. Car ma brève expérience du camp et les avertissements prodigués par certaines personnes dignes de confiance me soufflaient qu'il n'était pas homme à s'avouer aussi facilement floué, surtout si ce qu'il devait prendre pour une défaite avait eu lieu devant témoins.

1. Fusils automatiques légers FN Herstal.

J'en étais là de mes réflexions et remontais la culasse du quarante-quatrième fusil quand un grondement sourd, d'abord à peine perceptible, enfla au point de se propager à travers l'étage. Point n'était besoin de coller une oreille contre le carrelage pour reconnaître l'équivalent d'une charge de bisons lancés dans le couloir. Des portes claquaient un peu partout. Une clameur mobile et confuse, émaillée de jurons et d'invectives, résonnait par-delà la porte de l'armurerie. L'affaire présentait un tel niveau de mystère que, poussé par la curiosité, renonçant un instant à la précieuse paix de ma thébaïde, j'entrouvris le battant pour jeter un coup d'œil sur le monde extérieur.

Au grand complet ou peu s'en fallait, les deux pelotons confondus couraient en désordre vers l'extrémité occidentale du bâtiment, laquelle hébergeait les douches et les toilettes. À en juger d'après le débraillé de certains et la remarquable absence de serviettes, c'était la deuxième de ces installations qui constituait l'objectif du déferlement. Malgré la distance, on apercevait déjà, au bout du couloir, un attroupement aux airs de mêlée. Le calcul était vite fait. Huit cuvettes pour une centaine d'individus ne suffiraient pas à la tâche. Aussi un détachement conséquent faisait-il marche arrière pour se lancer incontinent dans une dégringolade précipitée de l'escalier. Sorti de son bureau dans une disposition apparemment voisine de la mienne, l'adjudant Bertrand se penchait à une fenêtre et observait sans doute les premiers outrages portés en bas aux rachitiques plates-bandes ornementales et aux gazons rapiécés, seules tentatives esthétiques à proximité.

Quand il m'aperçut, un sourire éclaira son visage.

« Vous non plus, Dutrieux ? »

L'ellipse convenait aux circonstances.

« La cuisine vient de téléphoner, ajouta-t-il. Il semblerait qu'ils aient eu un problème avec un lot de conserves. Les salsifis… »

D'un geste large, il consulta sa montre.

« Efficace et rapide, comme purgatif ! »

Emportés par le flux commun, les caporaux chargés du maintien de l'ordre s'étaient amalgamés aux simples soldats. Pour autant, l'adjudant connaissait les limites de son autorité. Contre la nature, la discipline militaire ne faisait pas le poids. Sachant cela, il jugea superflu d'ajouter une défaite morale personnelle à une déroute physique générale, et se garda d'intervenir.

En ma qualité d'exempt, je commençais à m'inquiéter. Car à la question *Parlez-vous anglais ?*, je pouvais difficilement répondre par la négative. Bon connaisseur d'hommes en dépit de son jeune âge, l'adjudant interpréta ma mine soucieuse avec justesse.

« Ne faites pas cette tête-là, Dutrieux. C'est interdit par le règlement. En cas de bouchage, le personnel civil de la caserne est seul habilité à intervenir. N'en déplaise à qui vous savez. »

Avant de tourner les talons, il remonta son ceinturon et, avec un brin de malice, me dévisagea.

« Vous avez terminé l'astiquage des FAL ?

— Presque, mon adjudant.

— Alors activez ! Demain, nous investissons le stand de tir. Quand vous aurez fini, passez au local. Vous me donnerez un coup de main pour traduire des fiches. C'est dans vos cordes… »

Dès qu'il eut disparu, je réintégrai sans plus attendre la silencieuse compagnie des fusils. La corvée expédiée, le reste de l'après-midi s'écoula sans incident notable. Au repas du soir, sur instruction du médecin en chef, les conscrits aux boyaux mis à mal furent régalés de pain sec et d'eau sucrée, peu susceptibles de provoquer une nouvelle débandade. Aucune exception ne fut consentie et je vécus comme une injustice supplémentaire cette diète qui ne me concernait pas, le cacao vespéral figurant sur la liste peu fournie de mes menues consolations.

Après un dernier cours de premiers soins, où un caporal nous enseigna, faute de frappe à l'appui, qu'il fallait *mever* la tête d'un blessé en cas de perte de conscience, la retraite fut sonnée par haut-parleur et chacun prié de gagner son lit fait au carré, en vue d'un sommeil forcément réparateur.

Pour moi comme pour les autres, ce baisser de rideau constituait peut-être le moment le plus délicieux de la journée, dont le principal mérite se résumait, sans ironie ni sous-entendu, par la formule consacrée : *Encore une de tirée.* Les ronflements des voisins se muaient alors en basse continue, leurs soupirs en doux coups d'archet, les couinements des ressorts en pizzicati, tandis que les bottines laborieusement délacées par tous répandaient alentour un encens particulier, auquel on finissait par s'habituer. Cette nuit, il devait lutter contre les relents méphitiques qui colonisaient le couloir derrière les portes et les parois vitrées. Certains conscrits doués d'initiative avaient pourtant calfeutré les interstices avec du papier journal – ou du moins ce qu'il en subsistait dans le bâtiment après un autre usage très intensif.

Dès que possible, j'avais rejoint Caroline sur le canapé chippendale et m'émerveillais de l'aisance avec laquelle la jupe de son tailleur glissait sans l'accrocher sur le lycra de son collant. Je dus alors commettre une fausse manœuvre ou dépasser la hauteur de cuisse autorisée car, soudain, une sonnerie stridente se mit à retentir. À défaut de canapé, je faillis tomber de mon lit.

Les tubes au néon avaient dispersé l'obscurité. Seuls les faux sourds roupillaient encore lorsque l'adjudant Bertrand fit son entrée dans la chambrée. Équipé de pied en cap, harnaché de ses cartouchières, le casque pendu au ceinturon et le fusil en bandoulière, on ne pouvait lui dénier une allure authentiquement martiale, pourtant exempte de bravacherie comme de raideur.

« Debout tout le monde ! Exercice de nuit ! »

Il avait à peine haussé la voix. Sans doute n'était-ce pas nécessaire tant les caporaux, derrière lui, s'époumonaient en diffusant le même message. Les plus prompts s'habillaient déjà.

« Équipement complet ! Filez à l'armurerie pour dégager fusil et baïonnette ! Et passez-vous la tronche au bouchon ! Sans mettre le feu à la baraque pour le même prix ! »

En douce, je cherchai du regard l'horloge murale. Plus discret que le ronfleur électrique de l'alarme, minuit avait sonné.

Parvenu à la hauteur de mon lit, devant lequel j'observais un impeccable garde-à-vous en slip, l'adjudant compléta :

« Plus vite que ça ! Les exempts peuvent se recoucher ! »

Ce qu'aucun d'eux ne fit. Pour ma part, j'aidai un jeunot particulièrement paniquard à lacer ses bottines tandis qu'un autre exempt, fumeur invétéré, passait à la flamme de son briquet le bouchon de liège qui ferait de lui un moricaud de Mardi gras.

« Rassemblement au pied du bâtiment ! »

Soucieux de s'épargner la série de pompes promise au dernier arrivé, le troupeau dévala l'escalier dans un brouhaha de sortie des classes. Vu la puanteur ambiante, encore brassée par l'agitation générale, les fenêtres du couloir béaient sur la nuit étoilée. Pourtant, personne ne s'y pencha pour assister au départ en fanfare des valeureux fantassins. Puisque les caporaux avaient sorti les lanternes, une marche en rangs par quatre devait être au menu. Ce que confirmèrent très vite les injonctions un peu lasses – *Gauche !... Gauche !...* – scandées par le doctorant philosophe, audiblement en charge des opérations. Un bref instant, je me demandai si, en bon péripatéticien, il profitait de l'excursion pour réviser en douce quelque point de la *Politique* d'Aristote, dont le commentaire formait, d'après son collègue, le sujet de sa future thèse. En attendant, il consacrait la part la plus fraîche de sa science à dispenser aux bleus, déjà un peu moins bleus, les meilleurs conseils en vue d'une marche conforme aux standards :

« Je n'entends rien ! Ancrez vos talons dans le sol ! »

Le martèlement rythmé des bottines contre l'asphalte rendit bientôt toute parole inutile. Et la distance se chargea, petit à petit, de rétablir le silence à travers la bruyère endormie.

Les autres exempts s'étaient recouchés. Certains retrouvaient le fil interrompu de leurs rêves. Moi, bien au contraire, j'enfilai mon pantalon et commençai de lacer mes bottines, opération longue et fastidieuse, incompatible avec une quelconque vitesse d'exécution. Selon la plaisanterie devenue classique, après avoir sauté dans leurs bottes, les Russes entreraient à Bruxelles avant que l'armée belge eût seulement fini de chausser ses godillots.

J'avais tout juste fini de lacer les miens quand l'ennemi se présenta dans le couloir. Son profil grec défila derrière la paroi vitrée. Quand la porte s'ouvrit à la volée et que la lumière des tubes tomba sur la chambrée désertée, le lieutenant Rakoczy apparut en majesté, le béret bleu à canons croisés vissé sur le crâne et la tenue aussi impeccable que dénuée d'ostentation suspecte.

« Debout, messieurs ! »

J'étais seul au garde-à-vous.

« D'ici cinq minutes, je veux vous voir tous sur deux rangs dans le couloir. En tenue de travail correcte. Exécution. »

Il me restait à enfiler ma vareuse. Pour sortir de la chambrée, j'attendis néanmoins que les autres fussent prêts. Si j'avais bien cerné le personnage, toute manifestation de basse servilité risquait de l'indisposer un peu plus à mon endroit. D'un adversaire, quelque chose me chuchotait qu'il attendait une opposition, sinon franche et loyale, du moins soucieuse de sa propre dignité.

Son ordre fut exécuté sans broncher. En deux rangs de cinq, les exempts se postèrent le long des murs, formant la haie. Les mains nouées derrière le dos, le buste d'autant plus droit qu'il n'était pas très grand, l'officier se mit à déambuler au milieu de ses hommes et, en conclusion d'un long silence, d'une voix posée, sur le ton de la causerie, il commença sa harangue.

« Messieurs, le moment est venu pour vous de montrer que la solidarité n'est pas un vain mot. Solidarité avec vos camarades tout d'abord, qui, eux, dépensent leur belle énergie sur le terrain pendant que vous demeurez oisifs, dans un confort certes tout relatif eu égard aux odeurs nauséabondes qui traînent dans les parages, mais un confort tout de même. Solidarité avec le monde civil ensuite, dont quelques dignes représentants ont commencé le nettoyage de vos saletés, sans toutefois boucler leur mission dès lors qu'ils sont tenus à des horaires aussi civils qu'eux… »

À en juger d'après la mine ahurie de certains, je commençais à me demander si mes compagnons savaient ce qui les attendait.

« Aussi, persuadé d'avoir affaire à des gens soucieux de leurs responsabilités et désireux de servir au mieux l'intérêt général, je ne tournerai pas autour du pot… »

À son fin sourire, je compris qu'il était homme à rire de ses propres traits d'esprit. Car le bougre en était pourvu.

« Il me faut huit volontaires pour déboucher les toilettes. »

Si elles n'avaient été occupées ailleurs, on eût entendu les mouches voler. Imperturbable et toujours souriant, le lieutenant poursuivait sa marche pendulaire entre les hommes, qu'il dévisageait à chacun de ses passages.

« On ne se bouscule pas, dirait-on… Je suis déçu. »

Sa bouille sereine disait tout le contraire.

« Bon… Nous n'allons pas y passer la nuit. »

Il s'arrêta en face de moi et me détailla posément, de la tête aux pieds. Au prix d'un énorme effort, je m'abstins de ciller.

Il secoua la tête et, sur un soupir, passa au suivant.

« Monsieur Beauthier ?

— Oui, mon lieutenant ?

— Je n'y résiste pas… Vous parlez anglais ? »

Tel un feu de circulation, le teint du garçon évolua promptement du vert le plus pâle au rouge le plus pivoine. Du coin de l'œil, j'observais la goutte de sueur qui, avec une solennelle lenteur, suivait la courbe de sa joue et cherchait son menton fuyant.

« Eh bien ? Je vous ai posé une question, monsieur Beauthier… »

La goutte tomba. Beauthier lança son pari.

« Non, mon lieutenant ! »

Le sourire de l'officier vira au rictus.

« C'est bien ce qu'il me semblait. Vous êtes donc volontaire.

— À vos ordres, mon lieutenant ! »

Paradoxalement soulagé, Beauthier retrouva une couleur à peu près normale. De son côté, fort satisfait de l'effet obtenu, Rakoczy poursuivit sa quête d'âmes serviables. Soudain las ou pressé, nul ne savait, il se rabattit sur la méthode am stram gram, désignant de l'index chacun des heureux élus.

« Vous êtes volontaire… Vous êtes volontaire… »

Il n'en manquait plus qu'un. Exécutant un demi-tour, l'officier revint à moi, m'adressa un sourire entendu et, sur un clin d'œil complice, m'invita à rejoindre le commando.

« Vous viendrez avec nous, monsieur Dutrieux. Votre expérience nous sera certainement précieuse. »

Je conservai un visage de marbre. S'il avait cru me surprendre, il s'était trompé. La torture par l'espérance était trop son style pour duper mon pessimisme. Toutefois, à aucun moment il ne devait comprendre que je l'avais deviné. Car gâter son plaisir constituait le plus crétin des calculs.

Les deux veinards ne firent pas mystère de leur soulagement quand notre petite troupe s'ébranla. Détail curieux, le lieutenant persistait à marcher en tête et, ce faisant, justifiait sans doute à ses propres yeux une réputation de meneur d'hommes. Il ne s'écarta qu'après un premier contact avec la force adverse, soit lorsqu'il eut ouvert la porte des toilettes.

Toutes les narines se pincèrent, avec ou sans les doigts.

Beauthier s'avança en éclaireur.

« Mon lieutenant ? »

Plus affable que jamais, Rakoczy le rejoignit.

« Oui, Beauthier ? »

Le garçon désignait la cuvette la plus proche.

« C'est… C'est plein à ras bord ! »

Le lieutenant se pencha. Vérifia. Opina.

« Vous ne m'apprenez rien, Beauthier. »

Puisqu'il s'était fait, à son corps très défendant, notre porte-parole, le soldat Beauthier poursuivit :

« Il… Il n'y a pas de brosse ? »

Rakoczy haussa les épaules d'un air désolé.

« Elles ont disparu. On vole tout, dans cette caserne… »

Quand il fut sûr de ne pas la vomir, Beauthier avala sa salive.

« On… On peut utiliser les pelles de combat ? »

Rakoczy fit une moue dégoûtée, soupesa la question.

« Ce matériel n'est pas fait pour ça. »

Affectant l'impatience, l'officier consulta sa montre.

« Ne traînons pas, messieurs ! Quand vos camarades rentreront, j'aimerais qu'ils trouvent à leur arrivée des toilettes propres et en parfait état de marche. Ils vous en seront, j'en suis persuadé, infiniment reconnaissants. Alors… Au travail ! »

Lui-même, en chef solidaire, produisit un tabouret sur lequel il prit place, les coudes sur les genoux. Qui, le premier, se résolut à retrousser ses manches ? Personne ne s'en vanta. De toute façon, les odorats étaient depuis longtemps saturés. Chez chacun, le dégoût avait atteint un tel seuil qu'il semblait, dans une certaine mesure, s'être annulé lui-même à force d'excès.

Pour autant, les plus bricoleurs n'avaient pas renoncé à trouver une forme de salut du côté de la mécanique sanitaire. L'un d'entre nous, apprenti plombier dans le civil, passait de chasse en chasse et, décidé à les ranimer, tentait d'amener leurs flotteurs défaillants à de meilleures dispositions.

Tout en sondant ce que je me refusais à nommer, je tâchais de penser à autre chose. Ce fut alors qu'un exotique parfum de menthol, issu d'un tout aussi exotique chewing-gum et, partant, de la bouche qui le mâchait, parvint à mes narines étonnées. Tête nue et tout sourire, le lieutenant Rakoczy se penchait sur moi et, accessoirement, la cuvette sur laquelle je m'escrimais.

« Alors, monsieur Dutrieux ? Ça vous change de l'université ? »

Pour déceler dans cette question une marque de compassion, il eût fallu plus de naïveté qu'il ne m'en restait en magasin. Mon sang ne fit qu'un tour, un violent vertige me brouilla la vue et, sur l'écran noir de mes paupières défilèrent en lettres de feu certains vers de *How to Kill*[1], le terrible poème que Keith Douglas avait rédigé pendant la campagne de Tunisie.

How easy it is to make a ghost[2].

Oh oui, c'était facile ! Pour vérifier la conclusion de cette troisième strophe, il me suffisait d'attraper à deux

1. « Comment tuer. »
2. « Qu'il est facile de fabriquer un fantôme. »

mains la bobine proprette du galonné, de la plonger dans le bouillon de culture et de l'y maintenir assez longtemps pour qu'il pût en profiter tout son soûl. Son fantôme hanterait les toilettes du camp, à la grande terreur des constipés. Sans aucun doute, la fin du lieutenant Rakoczy manquerait de panache et, au lieu d'entrer dans les annales, ne lui vaudrait que la brève célébrité d'un fait divers. Mais au moins, j'avais la certitude qu'il mourrait dans son élément.

Jamais je ne sus par quel prodige, au fond de moi, la fureur tomba aussi brusquement qu'elle avait surgi. Quand Rakoczy se redressa, il ne courait déjà plus aucun danger. La raison avait-elle réussi à faire entendre sa voix ? M'avait-elle brossé le tableau d'un avenir plombé par quelque casier judiciaire ? Mon naturel ordinairement ennemi de toute violence inutile avait-il repris le dessus à l'instant fatidique du basculement ?

Un quart d'heure plus tard, l'apprenti plombier parvenait à ranimer une première chasse. Grâce à son précieux concours, la mienne suivit de près. Le rugissement alterné des sanitaires ressuscités prit très vite, à nos oreilles, les accents d'un céleste contrepoint. Le lieutenant lui-même n'y fut pas insensible.

« Bravo, messieurs ! Je suis content de vous ! »

L'opération s'achevait. Sur la sage recommandation de nous désinfecter les mains au savon de Marseille, « surtout sous les ongles », le lieutenant prit congé de la compagnie, confiant que nous retrouverions sans lui le chemin de notre dortoir.

Il ne se trompait pas. Toutefois, sûr que, dans l'état d'excitation où je me trouvais, le sommeil persisterait à me fuir, et surtout désireux de prendre l'air pour me rafraîchir l'esprit et le reste, je gagnai le rez-de-chaussée et sortis du bâtiment.

Une très légère rosée humectait les empeignes de mes bottines. À l'angle du bloc, trois de mes jeunes camarades fumaient une sèche. Je les enviai. Pour avoir essayé jadis, j'avais renoncé au tabac. Au lieu de les rejoindre et de troquer une puanteur contre une autre, je m'éloignai en direction du *parade ground*. Des buis taillés en jalonnaient le pourtour.

Presque surpris, saisi d'un attendrissement pour le moins inattendu, j'y observai longtemps, fasciné, le ballet phosphorescent de quelques lucioles, insoucieuses du monde et de ses turpitudes.

Au ciel, les étoiles enviaient leur virevoltante liberté.

5

Sortie de scène

Pour un jour de plein été, la matinée s'avérait plutôt frisquette. Du moins avais-je ce sentiment, qu'autour de moi personne ne semblait partager. Sous la capote à capuchon, cataloguée *smock* selon la nomenclature bilingue propre à l'armée belge, j'avais enfilé toutes les épaisseurs textiles mises à la disposition du troupier ordinaire. Dans les confins dissimulés du ciel, aussi mal réveillé que les bidasses, le soleil assurait un service minimum et poussait à travers le plafond de crème chantilly une lumière tamisée qui ne réchauffait rien ni personne. Pour se tailler un passage à travers les nuages, il lui manquait une machette.

Le spectre des salsifis hantait encore les esprits, mais heureusement rien qu'eux. La crainte d'une récidive avait pesé sur certains sommeils et serré les estomacs. Par chance, la journée démarrait sur l'unique activité susceptible d'offrir aux galopins déguisés en guerriers une consolation avec majuscule, dont peu se cachaient de rêver depuis leur toute fraîche incorporation.

Dès l'aube, en tenue de combat sans le casque, le peloton au grand complet, exempts inclus, avait grimpé à bord de trois camions. Le convoi avait suivi la vieille jeep Minerva dévolue au commandement, soit le lieutenant Rakoczy et son duo d'adjudants. Le mystère soigneusement entretenu autour de la destination du jour ne valait pas pour moi. La veille, l'adjudant Bertrand m'avait fourni tous les apaisements nécessaires quant à la pertinence de mes travaux de nettoyage à l'armurerie. Nous roulions vers le stand de tir pour un premier exercice à balles réelles.

Prétendre que je n'étais pas curieux eût été mentir. Mais mon incertitude à propos de l'effet salissant des munitions classiques refoulait en large part l'intérêt que pouvait éventuellement ressentir l'éternel petit garçon devant la perspective de tirer pour de vrai avec un vrai fusil. Mon exemption ne prenait fin que dans une semaine. Outre ménager mon genou, ce délai me mettait aussi en première ligne pour jouer une nouvelle fois de l'écouvillon sur les canons noircis d'un sacré paquet de flingues. La mauvaise réputation des cartouches à blanc était peut-être surfaite.

La configuration du bâtiment bas, tout en longueur, posé au centre d'une clairière entre deux bois de bouleaux, n'avait mis la puce à l'oreille d'aucun de mes jeunes camarades. En revanche, le passage au guichet, où les armuriers de service distribuaient un clip de cinq cartouches à insérer dans les chargeurs vides, avait éclairé leur lanterne et leur bouille aussitôt réjouie. Un joyeux brouhaha s'était propagé parmi la troupe. On se serait cru, la discipline en plus, devant le tir aux pipes d'une fête foraine, à ce détail près qu'ici les gamins manipulaient chacun, avec un enthousiasme intimidant, une arme de guerre et non une carabine à air comprimé. Dans les rangs, je n'étais pas tranquille. Les caporaux non plus qui, encore plus qu'à l'accoutumée, redoublaient de zèle dans leur traque de l'insouciance et de l'imprudence sous toutes leurs formes – avec cette fois ma muette bénédiction. Histoire de me rassurer un peu, je me rappelai fort à propos que, sur les sélecteurs de tir, la position *rafale* était bloquée par un piton soudé. Si l'occasion m'en était un jour offerte, je jurai de féliciter l'armurier inconnu qui avait eu la sagesse de brider ainsi le caractère généreux d'un fusil confié à des mains inexpertes.

Enfin, le soleil parut disposé à se joindre aux festivités. Il s'était ménagé quelques meurtrières à travers le dais nuageux et lâchait une première bordée de rayons. La température montait et l'excitation générale avec elle. J'avais beau m'en aviser, aucune des deux n'avait d'effet sur moi. C'était franchement bizarre. J'étais aussi calme qu'on pouvait l'être en la circonstance et je tremblais de froid. Derrière les cols ouverts, je voyais pourtant bien que, sous le *smock*, mes camarades ne portaient, eux, que la vareuse réglementaire. Moi, sans oublier le tee-shirt par-dessous, j'avais encore enfilé le pull de laine en supplément. Malgré cette entorse à l'uniformité vestimentaire du peloton, dont je craignais qu'un Rakoczy vétilleux ne fasse le motif d'une nouvelle punition, je frissonnais au point, par moments, de claquer des dents.

Entrés à l'intérieur du bâtiment, nous faisions maintenant la queue devant les cinq emplacements aménagés pour le tir couché. Aucune cloison ne séparait les couloirs au bout desquels se dressaient les cibles circulaires, que ma vue très moyenne situait à cinquante mètres. Réverbérées par les parois de béton armé, les premières séries de détonations agressaient les tympans. Certains semblaient pourtant déçus par le vacarme, qu'ils avaient dû espérer, sinon assourdissant, du moins plus conforme à la bande-son de leurs films d'action préférés. Ils échangeaient des commentaires en ce sens. Mais au fur et à mesure que les files avançaient vers le lieu de leurs futures prouesses, les bavardages s'amenuisaient. Ils tombaient carrément lorsque le lieutenant croisait dans les parages, l'air à la fois pénétré et un peu las. Quand il passa à ma hauteur, j'eus droit à un coup d'œil dénué de censure comme d'aménité. Ce n'était pourtant pas ce regard empreint de froideur qui me glaçait l'échine. À nouveau, je me surpris à claquer des dents. Et si je suais d'abondance, ce n'était certes pas de chaud.

Mon tour et celui des quatre autres types parvenus en tête de gondole arrivèrent. Tandis que je m'allongeais sur une litière de sacs de sable pas trop inconfortable, un des vieux caporaux-chefs en charge du stand me serina des consignes de sécurité mille fois entendues, contrôla la position du bouchon à gaz de mon FAL et, par la culasse ouverte, arracha d'un coup sec la tige plastique qui avait fait fonction de lame-chargeur. Je pouvais commencer.

Le type à ma droite avait déjà lâché un premier coup. Surpris par le recul, il remettait ses lunettes en place après avoir vérifié l'intégrité de son verre droit, car le viseur du fusil avait tapé en plein dedans. Un autre caporal-chef, aussi ridé que le mien, l'enguirlandait pour la forme. Sans plus attendre, je calai mon FAL contre un sac, encadrai le guidon et tâchai de distinguer avec netteté la cible au fond de mon couloir. Vu la pétarade ambiante, il était superflu de rechercher une quelconque forme de concentration. Sur ma gauche, un nuage de poussière descendait avec une majestueuse lenteur. Mon autre voisin avait tiré dans le plafond. Je reconnus le paniquard dont j'avais lacé les bottines la nuit précédente. Le caporal-chef s'impatientait.

« Alors quoi ? C'est pour aujourd'hui ou pour demain ? »

Tout faillit marcher de travers. J'avais beau m'être prévenu contre cette éventualité, le même réflexe idiot court-circuita ma volonté. Pour chambrer la première cartouche, ma main droite lâcha la poignée-pistolet et partit à la recherche d'un levier absent de ce côté-là. Par chance, le caporal-chef dirigeait déjà son regard expert vers la cible. En catastrophe, je corrigeai la manœuvre et, changeant de main, tirai à moi le levier d'armement.

Fusil chargé. J'étais prêt.

Comme tout le monde, le premier recul, bref et puissant, me surprit. La douille éjectée fila dans l'air tel un gros bourdon. Là-bas, la cible demeurait un peu floue et j'eusse été bien incapable de dire si je l'avais touchée en son centre, sur les bords ou nulle part. Le guidon bougeait sans arrêt. Le caporal-chef se taisait et attendait en silence mon deuxième tir. L'estomac noué, je poursuivis donc mon arrosage, dans l'espoir probablement vain de maîtriser un peu mieux, à chaque coup, ma technique de visée. En réalité, j'avais l'impression pernicieuse que tirer les yeux fermés n'eût rien changé à la qualité de ma performance.

J'avais oublié de compter. La dureté de la détente m'apprit que j'avais grillé mon quota de cartouches. Chargeur vide. C'était terminé. Aucun regret, aucune déception. Un soupir d'aise fit voler quelques poussières devant mon nez. Tout ça pour ça. J'en oubliais de m'enquérir du résultat. Ses jumelles vissées dans les orbites, le caporal-chef se chargea de m'éclairer.

« Touché deux fois. Pour une rose, tintin ! Pas terrible-terrible mais bon, j'ai vu pire pour un premier tir. »

Critique généreuse ou compliment prudent ? À vrai dire, je m'en tamponnais le coquillard. Le cirque était fini pour la journée et cela suffisait à mon bonheur. Derrière moi, le suivant attendait son tour avec une impatience qu'il n'essayait même pas de dissimuler. Puisque le ramassage des douilles nous était épargné, je pouvais céder la place après un ultime drill de sécurité. Vu l'état de mon genou, je tâchai de me relever sans plier la jambe.

Quand je fus debout, un vertige m'assaillit. L'équilibre me fit défaut, je faillis m'écrouler. La crosse du fusil me sauva. Accroché de toutes mes forces au garde-main, je la plantai entre deux sacs de sable. Cette canne providentielle me servit ensuite à clopiner jusqu'à la sortie du local de tir. Si l'un ou l'autre gradé me fit une remarque à propos de cet usage non conforme du fusil d'assaut, le sifflement aigu qui me forait les écoutilles m'empêcha de l'entendre. Mes dents claquaient à nouveau. Mais à présent, de terribles nausées me tordaient aussi l'estomac.

Il me fallait d'urgence respirer un air frais et pur, chasser de mes poumons le mélange de miasmes et de poudre brûlée qui s'y attardait. À l'instinct, la vue brouillée, je traversai l'espèce d'antichambre où patientait un autre peloton de candidats tireurs, puis me dirigeai vers la lumière de l'entrée. Mes jambes peinaient à me porter. Je crevais de froid et, au même moment, une sueur malsaine me coulait entre les omoplates.

Devant moi, les gens s'écartaient sans piper mot. Faisais-je à ce point peur à voir ? Le souffle de plus en plus court, les poumons douloureux, je débouchai enfin à l'air libre, sur le terre-plein qui étalait un demi-cercle de verdure au pied du bâtiment.

Une main ferme me saisit l'épaule.

« Tout va bien, Dutrieux ? Vous êtes tout pâle... »

J'avais reconnu la voix de l'adjudant Bertrand.

La vieille timidité de mon enfance rappliquait au triple galop. Ici, ma propre inquiétude ne comptait pas. Il me fallait coûte que coûte rassurer cette âme bienveillante et sauvegarder à tout prix le profil bas qui, seul, garantissait ma survie en milieu hostile.

« Ce n'est rien, mon adjudant... »

Avant que j'eusse pu terminer ma phrase, mes fesses entraient en violent contact avec la pelouse du terre-plein. J'étais tombé sans presque m'en apercevoir. Et cette fois, plus moyen de tricher ni de prendre sur soi : mes dents jouaient un solo endiablé de castagnettes, mes paupières battaient, le décor devenait flou.

Quelque part autour de moi, un pas décidé approcha, fit sonner l'asphalte, puis l'herbe l'amortit et l'étouffa. Je reconnaissais la cadence inimitable de ce pas qui, d'habitude, marquait l'approche imminente de la menace sur les dalles du grand couloir.

« Debout, Dutrieux ! Garde-à-vous ! »

Rakoczy, bien sûr. S'il n'avait pas crié, il avait nettement haussé le volume. C'était déjà inhabituel. De façon assez curieuse, son autorité naturelle me parut y perdre au change.

« Arrêtez de faire le zouave et levez-vous ! »

Impossible d'articuler un traître mot, impossible de tenter fût-ce l'esquisse d'une réponse. Pourtant, j'avais honte de mon impuissance, qui tournait ici à l'acte d'indiscipline.

« C'est un ordre, que je vous donne ! »

Je me sentis partir en arrière. Mes omoplates heurtèrent le sol, la nuque me fit mal. Je devais absolument me relever. À cet effet, ma main droite cherchait le fusil dans l'herbe, mais n'y rencontrait que les empeignes de plusieurs godillots. On faisait cercle autour de moi. Une horrible gêne me serrait le cœur. J'étais en train de me donner en spectacle.

Le soleil revigoré aspergeait la clairière d'une aveuglante lumière. Mes paupières papillotaient. Je tremblais comme une feuille. Au-dessus de moi, l'ombre du lieutenant découpait une silhouette hostile. Mais deux autres formes humaines, pareillement coiffées d'un béret, l'encadrèrent. L'une d'elles prit la parole.

« Il faut évacuer cet homme, mon lieutenant. »

Le philosophe possédait une impressionnante voix de basse.

« Pensez-vous ! Ce simulateur se fout de nous ! »

Pour la première fois, dans le timbre égal du lieutenant Rakoczy, j'avais cru déceler une mince fêlure.

« Sauf votre respect, je ne pense pas, mon lieutenant. »

Une troisième voix s'était jointe à l'échange, aussi déterminée que la première. L'adjudant Bertrand soutenait son collègue.

Le silence qui suivit accusa une opposition de volontés. Soudain, les grades ne comptaient plus ou passaient au second plan. Épuisé, j'avais fermé les yeux. Au fond, ce match m'indifférait.

Il y eut un raclement de gorge. Puis un nouveau silence.

« Bon ! Puisque vous y tenez ! Alors débarrassez-moi fissa de ce poids mort. Je ne veux plus le voir dans mon camp ! »

Le lieutenant Rakoczy pliait. Il avait acté la trahison de ses seconds. Seule la retraite lui offrait une échappatoire. Les semelles de ses bottines sonnaient à nouveau sur l'asphalte de la chaussée.

« Connard », gronda le philosophe entre ses dents.

J'en déduisis que le lieutenant avait bel et bien vidé les lieux.

« Vous pouvez vous lever ? »

Accroupi, l'adjudant Bertrand me parlait à l'oreille. J'ouvris la bouche pour lui répondre. Aucun son n'en sortit.

« Defort ! Caubert ! Avec moi ! On l'embarque dans la jeep ! »

Quatre mains m'empoignèrent les bras sous les aisselles et les passèrent chacun autour d'une épaule. Presque vexé, je parvins enfin à produire ce qui ressemblait à une phrase.

« Je... peux marcher tout seul... »

Un bruit discret, mat et inaccoutumé titilla ma curiosité. J'en étais manifestement le producteur sans savoir pourtant d'où il provenait. Cela ressemblait à un borborygme, mais alors étranger à mon propre corps. Nous arrivions à la jeep. L'adjudant avait pris de l'avance, s'était installé derrière le volant et actionnait le démarreur, ce qui n'allait pas sans quelque difficulté. Baissant les yeux, je découvris aussitôt l'origine du bruit que couvraient à présent les toussotements de la Minerva. Les bouts arrondis de mes semelles raclaient l'asphalte de la chaussée.

« Installez-le sur le siège passager. Defort, vous grimpez derrière. Il faudra le maintenir en place. La portière aussi.

— Mais... Mon fusil, mon adjudant ?

— Caubert s'en occupera. Du mien aussi. Pas vrai, Caubert ? »

La réponse de Caubert m'échappa. On me cala sur le siège. Les ressorts à lames de la suspension grincèrent quand Defort sauta sur la banquette. Ma portière claqua et la Minerva démarra enfin, plein pot, sans égard pour le grand âge de son moteur.

L'adjudant roulait pied au plancher, ce qui devait nous propulser aux alentours des quatre-vingts kilomètres à l'heure – car la jeep avait quand même de beaux restes. L'air vif s'engouffrait à l'intérieur et gonflait la bâche aux micas décousus. Au premier virage serré à gauche, je compris l'intérêt de la présence derrière moi du milicien Defort. S'il ne l'avait maintenue en place de la main droite, la portière se fût ouverte toute seule et sa main gauche n'eût peut-être pas suffi à me garder à bord du véhicule.

« On arrive, Dutrieux ! Comment vous sentez-vous ? »

Je profitai d'une longue ligne droite pour prendre de l'élan et bredouiller, avec une chance raisonnable d'être entendu :

« Pas terrible, mon adjudant. »

Defort serrait un peu fort le col de ma vareuse. Malgré le violent courant d'air, j'avais envie d'ôter un ou deux boutons. Mais mon bras droit refusait tout service. Des nausées me reprenaient et, quand l'infirmerie surgit enfin au bout d'une allée, je constatai qu'au fond de ma poitrine, le palpitant commençait à battre de façon erratique, avec d'inhabituels ratés, un peu comme les pistons de la Minerva. Si j'avais bonne mémoire, selon le médecin de mon grand-père, on appelait ça des extrasystoles.

La vieille jeep pila devant l'entrée du bâtiment. Sans la poigne du soldat Defort, j'eusse embrassé le pare-brise à pleine bouche. Cette fois, la portière lui échappa et, comme pressée de prendre son envol, elle battit l'air à plusieurs reprises. Puisque le klaxon ne fonctionnait plus, l'adjudant y suppléa.

« Defort ! Ramenez les pilules[1] ! Avec une civière ! »

Le garçon bondit hors de la jeep et disparut à l'intérieur de l'infirmerie. Une étrange sérénité, proche de l'euphorie, aplanissait mes angoisses. J'allais pourtant tourner de l'œil, mais la perspective ne m'inquiétait pas le moins du monde. L'adjudant dut s'en rendre compte, car il m'administra un solide aller-retour.

« Restez avec nous, Dutrieux ! »

Tel n'était pas mon vœu et la chose m'ennuyait fort. Car l'adjudant était bien la dernière personne que je souhaitais désobliger. Sans compter que j'avais toujours eu horreur, partout et en toutes circonstances, de me faire remarquer. C'était réussi.

Entre-temps, le vert bouteille des infirmiers s'était mêlé au vert olive des fantassins. On s'agitait autour de ma modeste personne. Je me sentis soulevé par quelques bras puissants, allongé sur la toile raide d'une civière puis emmené à l'intérieur du bâtiment. Quand je fus déposé sur une table, le lieutenant-médecin pénétra dans la pièce et se pencha sur moi.

« Je ne vous attendais pas si vite, monsieur Dutrieux... »

Il m'auscultait déjà, un grand sourire aux lèvres. Le métal glacé de son stéthoscope glissait sur ma poitrine sous le pull retroussé. J'avais plus froid que jamais. Tandis qu'il prenait ma tension, j'entendis que le toubib donnait des ordres en flamand. Des hommes allaient et venaient dans la pièce. Hors du néerlandais radiophonique et télévisuel, point

1. Soldats du corps médical.

de salut pour le linguiste francophone : j'avais du mal à comprendre le dialecte utilisé. Un des infirmiers délaçait mes bottines et un autre me les retirait.

« On va vous évacuer vers l'HM, dit le médecin. Rien de grave a priori. Juste une petite balade en ambulance. Et ne venez pas me dire que vous regrettez de nous fausser compagnie… »

Un nouveau sourire banane détendit un peu plus sa face juvénile. Comme tous les Flamands du Royaume, il n'imaginait pas une seconde qu'un milicien d'origine wallonne fût capable de piger autre chose que *goeiedag*[1] ou *dank u*[2]. Quand il se tourna vers son sergent, sans doute originaire d'une autre province que la sienne, il revint à une koinè plus intelligible.

« *Haal de ambulance en verspil geen tijd. 't Is een serieus geval*[3]. »

Tandis qu'il énonçait ces paroles d'une voix posée, l'esculape en uniforme n'avait pas cillé et son sourire était demeuré aussi franc qu'à mon arrivée. Allons bon, me dis-je, voilà de l'imprévu ou je me trompe fort. J'en aurais presque ri. Toute cette histoire n'avait ni queue ni tête. Le plus absurde de l'affaire, c'était peut-être que l'un des infirmiers, un grand barbu efflanqué, me pinçait le gros orteil droit avec conviction. Il guettait ma réaction et n'en obtenait aucune. Car je ne sentais rien. Absolument rien.

1. « Bonjour. »
2. « Merci. »
3. « Sors l'ambulance et ne perds pas de temps. C'est grave. »

En fait, j'étais toujours allongé sur la civière, qui se remit en mouvement, prit de la hauteur, tangua et m'emporta. Le barbu marchait en tête de notre procession. Je ne voyais que son dos. Une maille de son pull avait lâché, on apercevait la chemise à travers. L'adjudant Bertrand devait encore traîner dans le coin. Je reconnus sa voix sans comprendre sa question. Par contre, j'entendis nettement la réponse du médecin, ou du moins sa conclusion.

« … qu'est-ce qu'il croit qu'on trouve, dans la merde ? »

À l'entrée, je croisai Defort qui, la mine défaite et les bras ballants, avait l'air de s'inquiéter pour moi. Le constat m'étonna.

« Accroche-toi, Dutrieux ! »

Son conseil me parut idiot, voire déplacé. Au contraire, je n'avais qu'une seule et vague envie : lâcher prise, fuir ailleurs loin d'ici, larguer les amarres, me laisser emporter par le courant vers des rivages brumeux et hospitaliers.

Mais dans une caserne, le prosaïsme gardait tous ses droits. L'antique ambulance en témoignait. Une grande croix rouge sur fond blanc ornait le flanc kaki du véhicule. Sur le toit, le gyrophare bleu tournait déjà, comme le moteur. On me chargea par l'arrière, le grand infirmier barbu monta à côté de moi et le sergent chauffeur démarra avant même que n'eût claqué le hayon. Aussitôt, la sirène lâcha les deux tons qu'elle répéterait à l'envi jusqu'à l'hôpital, si du moins j'y arrivais à temps.

Le moteur tournait presque rond mais les vitesses arthritiques passaient mal. Je n'étais guère en meilleur état. En vain, je tentai d'atteindre mes genoux, qui semblaient ne plus exister. Pour cela, j'aurais dû disposer de deux bras en état de fonctionner.

« Où va-t-on ? » parvins-je à bafouiller.

Malgré le potin de la sirène, l'infirmier m'avait compris.

« À l'hôpital militaire d'Anvers. Pas loin. »

Le caducée brillait sur son calot vert. Il me souriait, lui aussi. Tout le monde me souriait, ces derniers temps, Defort excepté. À n'en pas douter, un fait exceptionnel avait dû se produire, me rendant sympathique voire populaire et bouleversant du même coup le train-train habituel de mon existence.

Si le moteur de l'ambulance moulinait à peu près correctement, mon cœur s'en sortait beaucoup moins bien. Il commençait à sauter des battements selon une séquence de plus en plus irrégulière. Je jugeai séant d'en informer l'aimable infirmier qui me servait de nounou. Son sourire se fit angélique.

« Ça n'est rien, dit-il. Ça sont les nerfs ! »

Son savoureux accent m'amusa. Sa bonne bouille d'honnête homme m'émut. Il me tapota la main avec douceur.

Puis se tourna vers le chauffeur occupé à brûler un feu rouge.

« *Vlugger, Hans ! Anders barst ie*[1] *!* »

Pourquoi, à côté de l'anglais, avais-je jadis opté pour l'étude du néerlandais ? Le sentiment national avait dû jouer un rôle dans ce choix. L'infirmier barbu partageait donc les préjugés du toubib en matière de compétences linguistiques et ne pensait pas être compris, même quand il pratiquait un flamand potable. Je faillis éclater de rire. Quatre années d'université m'avaient au moins permis de percer les intentions d'un destin délicat, ennemi de toute annonce prématurée. Je n'avais pas perdu mon temps.

---

1. « Plus vite, Hans ! Sinon, il crève ! »

Dépolies jusqu'à mi-hauteur, les vitres latérales de l'ambulance masquaient le paysage urbain, dont je n'apercevais que les pignons modern style, les fils aériens, les lampadaires éteints et, de loin en loin, les panneaux directionnels. Ces derniers tentaient en vain de me renseigner. Après Zwaantjeshoek, nous roulions vers Deurne. La topographie anversoise m'était surtout connue par les romans d'Hubert Lampo. Or je ne me souvenais pas qu'il eût jamais situé aucune scène de *Retour en Atlantide* ou de *La Venue de Joachim Stiller* dans les environs de l'hôpital militaire. Cette excursion constituait donc, pour moi, un saut dans l'inconnu. En tout cas, les espaces verts et aérés de la banlieue avaient disparu au profit des masses minérales d'une agglomération très urbaine. Le pin-pon de la sirène rebondissait entre les façades, brodant son rythme binaire sur le tintamarre occasionnel des tramways et la basse obsédante de la circulation automobile.

Je commençais à respirer difficilement. Des pointes acérées de panique crevaient par endroits la bouée d'euphorie qui, jusque-là, m'avait maintenu à flot. Malgré cela, j'envisageais avec recul et beaucoup de scepticisme une théorie de lieux communs sur le thème du trépas. Ainsi, la notion selon laquelle, au moment de passer l'arme à gauche, l'être humain voyait défiler sa vie entière comme un film en accéléré me sembla procéder d'une vaste fumisterie. Évidemment, vingt-quatre années sur cette foutue planète ne vous laissaient pas grand-chose à rembobiner. En fait, ma mémoire avait fermé boutique et c'était sans doute par esprit de contradiction que j'évoquais, avec autant de volontarisme que de mauvaise conscience, mes parents, Caroline et mes meilleurs amis. Les abandonner ainsi, en avance sur tous les plans raisonnables, me semblait bien davantage une indélicatesse de ma part à leur égard qu'une injustice faite à ma personne. De même, aucune lueur apaisante ne rayonnait au bout d'un long couloir obscur mais, en ses lieu et place, le jour ni blafard ni flamboyant d'une banale matinée d'août éclairait les carreaux translucides d'une ambulance.

Ma sortie de scène manquait cruellement de lustre. C'était une fin banale à en pleurer – si j'avais eu les larmes pour cela.

Du chauffeur, je voyais la nuque rasée sous le calot et, chaque fois qu'il jetait un coup d'œil à droite pour brûler la priorité, le profil de médaille. Il conduisait avec un calme qui niait la relative vitesse de notre progression le long des boulevards encombrés.

Quand l'ambulance freina puis s'immobilisa, je m'étonnai d'être toujours vivant ou à peu près. Avant de descendre, l'infirmier barbu ouvrit le hayon et un air tiède, mêlé de senteurs d'essence, pénétra dans l'habitacle. D'autres pilules s'affairaient déjà autour du véhicule. La civière glissa vers la lumière et moi avec elle. Un type qui portait une veste blanche par-dessus sa vareuse à boutons dorés consultait un papier pincé sur une planchette. Il marchait à côté des infirmiers qui m'emportaient. J'entrevis une façade néoclassique de briques rouges à bandeaux beiges, puis nous pénétrâmes sous un auvent où on me transborda de la civière vers un chariot à roulettes. La clarté du jour fit place à la lueur froide des néons, dont les tubes rythmaient notre avancée à travers des couloirs tous identiques. Le couinement des roulettes remplaçait avantageusement le pin-pon de la sirène.

Je haletais. J'étouffais.

Ils couraient, maintenant. Leurs lourdes bottines produisaient une rumeur confuse sur le carrelage. Des portes claquaient.

Ils criaient, aussi. Je ne comprenais plus leur flamand.

Je revenais à l'anglais. Celui de Keith Douglas.

Time's wrong-way telescope will show
a minute man ten years hence
and by distance simplified.
Through that lens see if I seem
substance or nothing : of the world
deserving mention or charitable oblivion...[1]

Les plafonds lézardés méritaient une sérieuse restauration.

Puis tout devint noir, en moi et autour de moi.

1. « Le télescope à l'envers du Temps montrera / un homme minuscule à dix années d'ici / et simplifié par la distance. / À travers cette lentille, vois si je semble / substance ou néant : si du monde / je mérite mention ou charitable oubli... »

6

Sallenelles

Un temps, je m'étais laissé couler, aspiré par des abysses accueillants, prometteurs de calme et de sérénité. Déjà, la raison intrinsèque de ce renoncement sombrait dans le néant. Peu m'importait. J'avais juste envie de lâcher prise, de tirer un trait définitif sur les contrariétés d'une existence sans doute irréconciliable avec mes désirs. Puis soudain, une panique jaillie du fond des âges m'avait saisi à la gorge. À violents coups de pied et de poing, je m'étais débattu. L'eau noire amortissait et freinait chacun de mes gestes mais, tout là-haut, une faible lueur perçait les ténèbres, y creusait un passage fragile, incertain, que je sentais prêt à se refermer. D'abord ténu, à peine audible, un appel étouffé descendait le long de ce conduit. J'ignorais s'il était composé de bruit ou de paroles. Le sens, en tout cas, m'en échappait. Davantage que ma volonté, mon corps rebelle se tendait vers lui, cherchait à saisir sa promesse d'espace et de liberté. Pour autant, aucune illusion ne m'abusait : la véritable paix de l'âme résidait ailleurs, au tréfonds de cet abîme qui m'attirait avec une force presque égale. Mais l'appel résonnait à présent dans chacune de mes fibres. Un mouvement impérieux me portait vers la surface.

Mon instinct me soufflait cependant que j'y rallierais un monde tout sauf édénique. Car, en même temps que l'appel, descendait par ce puits de lumière un tumulte d'abord feutré puis, à mesure qu'approchait le jour, plus menaçant. J'hésitai. Mais mon corps montait, montait. Je me sentis halé par des mains amies.

Le silence des profondeurs s'abolit brutalement au sortir des eaux, comme s'il se fut écoulé d'un coup à travers la bonde d'un lavabo. L'air libre, riche de parfums inconnus, m'emplit les poumons. Pourtant je suffoquais. Une douloureuse lumière me fermait les yeux, ensanglantait l'intérieur de mes paupières. Elles battaient par saccades, révélaient peu à peu une scène mouvante, d'abord floue, dont la précision affinée de seconde en seconde n'éclairait guère le sens.

J'avais attendu un plafond d'hôpital, et il n'y avait que le ciel au-dessus de ma tête. J'avais attendu des lampes, et seul brillait le soleil. J'avais attendu un lit, et je gisais sur un sol meuble, peut-être tapissé de sable ou de mousses. J'avais attendu, penchés sur moi, des médecins ou des infirmières en blouse blanche, or je distinguais deux figures masculines casquées, assombries par le contre-jour, ainsi qu'un troisième individu nu-tête, aux lunettes rondes posées sur le nez, dont la manche kaki, en plus d'un écusson à lion jaune cousu sous la mention *Belgium*, portait un brassard à croix rouge tout chiffonné. Le reflet ondoyant du ciel sur les verres de ses binocles dérobait à demi un regard plein d'appréhension. Un stéthoscope calé dans les oreilles, il gratifiait les miennes de gifles de plus en plus vigoureuses.

« Revenez parmi nous, Dutrieux ! »

J'avais dû me tromper de porte, pénétrer en un lieu où je n'avais rien à faire, même si je semblais y être connu et attendu. Il me fallait d'urgence rectifier cette erreur – la mienne comme la leur –, ou du moins dissiper ce qui ressemblait à un énorme malentendu. Mais pour quitter l'endroit, refermer derrière moi la porte indûment poussée et réintégrer l'espace d'entre-deux dont un malheureux hasard m'avait arraché, le mode d'emploi faisait défaut. Ou alors, j'allais *vraiment* me réveiller.

Au long des nuits de mon enfance trop souvent visitées par les cauchemars, j'avais développé une méthode efficace pour, à coup presque sûr, repasser en sens inverse la frontière de mes rêves les plus angoissants. Au premier soupçon de l'entourloupe, il me suffisait alors de cligner les yeux avec insistance, de plus en plus vite, en proclamant haut et fort la déchéance de l'illusion qui me persécutait. Un réveil salvateur suivait aussitôt et je retrouvais avec bonheur et soulagement les ténèbres de ma chambre, débarrassées de toute présence indue.

« Il bat des paupières, mon lieutenant ! »

De toute évidence, le vieux truc ne fonctionnait plus. Ce cauchemar-ci avait la peau dure. Je n'en sortirais pas si aisément.

« Ça va, Dutrieux ? »

Enfin, j'y voyais clair. Les trois hommes qui m'entouraient se tenaient agenouillés, l'échine courbée. Ils baissaient un peu la tête chaque fois que, dans les parages immédiats, une ou plusieurs explosions ébranlaient le sol. Autant que je pusse en juger, les coups sourds ressemblaient à des impacts d'obus – ou du moins à l'idée que je m'en faisais. Sans hésitation, je reconnaissais leurs uniformes fatigués, mais la couleur inaccoutumée des étoffes me perturbait. Ma mémoire – car c'était bien elle qui entrait en jeu ici – leur associait une large palette de noirs et de gris, celle des photos d'époque et des bobines d'actualités. Les *smocks* vert olive de Bruinscheet avaient fait place à des *battle-dress* kaki. Surtout, de disgracieuses « tortues » Mk III – celles-là mêmes qui, début 1944, avaient commencé à remplacer le bon vieux « plat à barbe » du troupier britannique – pesaient sur les crânes des deux fantassins, lesquels parlaient pourtant français, comme le toubib.

C'était absurde. Je secouai la tête.

« Doc ? On dirait qu'il ne nous reconnaît pas... »

Le médecin fit une moue.

« Laissez-lui le temps, Focart. C'est un miracle qu'il soit encore entier. Rien que le souffle aurait déjà suffi à tuer un bœuf. Vous avez vu le vol plané ? Et à la sortie, pas la moindre égratignure ! Pourtant cette saleté a explosé presque sous ses pieds. En quatre ans, jamais vu ça... C'était un obus ou une mine ? »

L'homme tendit un doigt, l'approcha de mon visage.

« Vous en voyez combien ? »

Je me sentis loucher. La question me parut idiote.

J'ouvris enfin la bouche.

« Je... suis où, là ? »

Une fusillade nourrie crépitait quelque part dans les environs, à une distance qu'il m'était difficile d'évaluer. Les trois hommes n'y prêtaient aucune attention. Pour eux, c'était normal. Avec un ensemble presque parfait, ils éclatèrent de rire.

« Où ? Au paradis, bien sûr ! » déclara le nommé Focart.

Ce patronyme ne m'était pas inconnu, mais du diable si j'arrivais à m'expliquer la raison d'une telle intuition.

« C'est moi qui ai les clés, alors t'as pas intérêt à me raconter des bobards, vieux saligaud ! » renchérit l'autre fantassin.

Avec un peu de chance, il devait se prénommer Pierre. Je redevenais capable de penser. En mal de repères et plus encore de certitudes, je me cramponnai à cette bonne nouvelle.

« Sans rire, Dutrieux, tu nous as foutu une de ces trouilles ! »

Le concierge du paradis poursuivait sur sa lancée. Il avait repoussé le casque sur sa nuque et je pouvais voir flotter en travers de son grand front une mèche de cheveux blond paille. Sa dextre serrait un fusil, la crosse plantée dans le sol. Sur sa cuisse gauche reposait une mitraillette apparemment tordue.

« Ta *Sten* est foutue. Dans la fenêtre d'éjection, il y a un éclat gros comme une part de tarte ! Et le chargeur est coincé… »

Afin de prouver ses dires, l'homme me mit l'arme sous le nez. Il espérait un commentaire. Mon expression ahurie dut le décevoir. Mais j'avais du mal à m'intéresser aux détails quand le cadre général défiait à ce point ma compréhension.

« Fichez-lui la paix, Bernier, et virez-moi cette ferraille. Vous et Focart, ramenez-le au camion. Mes infirmiers s'occuperont de lui. Rien de grave a priori mais je préfère le tenir à l'œil. Après ça, rappliquez. Pour enlever ce foutu moulin, on n'aura jamais trop de monde. Trouvez-lui aussi un casque. Le sien est bon pour la poubelle, et avec ce que les Chleuhs nous balancent sur la cafetière, mieux vaut vraiment rester couvert... »

Joignant le geste à la parole, après avoir ôté le stéthoscope responsable de son imprudence, le médecin coiffa lui aussi un casque. On me mit sur mon séant. J'avais du coton dans la tête.

« Pas de bol, Dutrieux. Ton beau casque de moto... »

Celui que le médecin nommait Bernier baissa le sien sur son front. Il souriait de toutes ses dents. La mitraillette hors d'usage atterrit dans un fourré. Notre groupe se tenait en bordure d'une route asphaltée, sur le dévers d'un bas-côté. Des autos blindées Daimler s'y échelonnaient tous les cinquante mètres, leurs canons légers pointés vers l'avant. Elles arrosaient deux bâtiments distincts, peu visibles sous des frondaisons basses : un ouvrage bétonné à gauche de la chaussée et une construction civile plus importante, blottie à droite derrière un enchevêtrement de haies. Des impacts métalliques jouaient aux clochettes contre la tourelle de l'engin le plus proche, qui couvrait notre position. La colonne motorisée demeurait à l'arrêt sous le feu d'un ennemi retranché dont je devinais, faute de pouvoir m'en assurer, qu'il prenait la route en enfilade sous un feu d'armes légères. Par-dessus le vacarme ambiant, deux artilleries échangeaient des politesses plus distantes. J'en percevais les départs étouffés et les sifflantes arrivées. Un obus tapa tout près, en plein milieu d'un verger. Autour de moi, on se baissa. Ses consignes distribuées, le médecin qui m'avait examiné avait pris congé. Plié en deux, sa musette lui battant une fesse, il courait vers la tête de la colonne.

« Casque de moto ? balbutiai-je. Quelle moto ? »

Focart et Bernier s'étaient partagé mes bras. Ils les passèrent chacun autour d'une épaule et me hissèrent sur mes pieds.

« T'inquiète pas pour ta bécane, marmonna Focart. Là où tu l'as laissée, elle risque rien. Riche idée qu'a eue le colon, de nous faire attaquer cette fichue ferme à pied ! Avec les blindées et les jeeps, on se serait fait aligner comme des vaches dans un couloir. Du coup, elle n'aura pas une griffure, ton Ariel... »

Bernier soupira, cala mon bras contre sa nuque.

« C'est pas une ferme, c'est un moulin... »

L'épaule de Focart tressauta.

« Fais pas chier, Bernier ! Ferme ou moulin, qu'est-ce que ça change ? Si on veut prendre Cabourg, faut sortir de Sallenelles, et ce foutu tas de pierres est dans le chemin. »

J'avais retrouvé l'usage de mes guibolles. Si c'étaient bien les miennes. Car je ne reconnaissais ni les fins lacets des brodequins que j'avais aux pieds, ni les guêtrons beiges de grosse toile qui fermaient les jambes de mon pantalon. Cependant, j'avais bien besoin de l'assistance des deux hommes pour avancer.

Plus le feu s'éloignait, plus ils redressaient l'échine et moi avec eux. Nous arrivions à la hauteur des premiers véhicules de soutien. D'après Bernier, il n'y avait plus loin à marcher pour trouver le camion du service de santé. De l'autre côté de la route, un conciliabule d'officiers supérieurs se tenait autour d'une Humber de commandement. L'un d'eux, qui les dépassait tous d'une tête au moins, observait le combat à la jumelle, les coudes plantés sur le toit de la voiture. Je sentis que Focart me faisait les poches. Il en sortit un béret noir, le vissa d'une main sur mon crâne.

« Les héros doivent être impeccables, murmura-t-il. Surtout que t'as du bol : voilà le Lion en personne… Après ton numéro de tout à l'heure, soit il t'engueule, soit il te décore !

— Celui-là, un de ces quatre, à force de courir à l'avant, il va se prendre un pruneau et on aura l'air malins », grommela Bernier.

Le géant nous avait aperçus. Il déposa ses jumelles sur le capot, récupéra la canne qui semblait lui servir de stick et, traversant la chaussée droit comme un I, mit le cap sur notre trio.

« Oubliez le garde-à-vous, messieurs ! »

Focart et Bernier, quand même, bombèrent le torse puis, sans me lâcher, claquèrent des talons – ou à peu près.

« Certainement, mon colonel ! » cria Focart.

Je distinguais mal les traits de cet homme élancé, aux sourcils roux. Pourtant, sa tête me disait bien quelque chose. Entrevue dans un livre d'histoire ?

« Votre nom, sergent ? »

C'était à moi qu'il s'adressait. Focart lui répondit.

« Dutrieux, Frédéric, mon colonel ! »

L'officier hocha la tête, me dévisagea d'un regard aigu.

« Toutes mes félicitations, sergent Dutrieux ! Il me faudrait plus d'hommes dans votre genre. Du moins si, comme vous, ils arrivent à rester vivants : il faut être doué. Mais quoi qu'il en soit, ce que vous venez de faire ne m'a pas échappé, ni à personne ici. Soyez sûr qu'en temps utile, je saurai m'en souvenir… »

Donc, j'étais sergent. Soutenu par mes deux anges gardiens, je ne pouvais apercevoir les trois chevrons nécessairement cousus en haut de mes manches. Pourtant, depuis que j'avais émergé, les simples soldats Focart et Bernier me tutoyaient sans cérémonie et bavardaient avec moi comme des égaux. Encore une étrangeté – mais je n'en étais certes plus à une près. Sur un bref salut, le colonel nous tourna le dos et rejoignit son état-major. Nous nous remîmes en route. Mes jambes flageolaient.

« C'était qui ? » ânonnai-je en tâchant d'affermir ma voix.

Derrière nous, vers la ferme ou le moulin, ça tiraillait à nouveau. Un scout-car remontait la colonne, se frayait un passage entre les autos blindées.

« Eh ben, mon pauvre vieux ! répondit Bernier. Cette dragée t'a vraiment fêlé la théière ! Heureusement que tu sais encore comment tu t'appelles. C'était le Lion, on te l'a dit ! »

Focart eut un rire silencieux, souffla fort par le nez.

« Note, pour faire ce que t'as fait, fallait déjà être fêlé. Un numéro pareil, je le crois toujours pas. Qu'est-ce qui t'a pris ? T'es bon pour la médaille, vieux. C'était ça ou le cimetière… »

J'ignorais absolument de quoi ils parlaient. J'ignorais d'ailleurs bien d'autres choses. À commencer par l'endroit précis où nous nous trouvions. Tout à l'heure, le nom de Sallenelles était venu dans la conversation. Le décor pouvait, en effet, correspondre à un paysage normand, ou du moins à la région côtière coincée entre littoral et bocage. Avec Caroline, venant d'Ouistreham par Pegasus Bridge, nous avions poussé une pointe jusqu'à Honfleur et son port pour peintres du dimanche. Ce coin-ci pouvait correspondre à la route de Deauville, même si les repères manquaient. Vers l'intérieur des terres s'étendait un damier de prairies plates comme la main, aux cases ourlées de taillis et de vergers épars. Au-delà d'un mamelon raboté, j'apercevais les premières maisons d'un bourg ou, plus exactement, les cheminées trapues et les pentes douces de ses toits d'ardoise. Par-dessus tout cela soufflait un air vif et iodé qui, si ma conjecture se vérifiait, devait souffler depuis l'océan et l'estuaire de l'Orne toute proche.

En quelque sorte, bien davantage qu'un récent souvenir de voyage, la documentation amassée par mes soins depuis des années prenait vie sous mes yeux et mes autres sens. Entre ma première lecture du carnet toilé et, plus proche dans le temps – si j'osais l'expression –, la rédaction controversée de l'appendice à mon mémoire, j'avais collectionné les ouvrages historiques et techniques dédiés à la campagne de Normandie, consulté en bibliothèque ceux que je n'avais pu me procurer en librairie, pour mieux écumer ensuite les bouquineries à la recherche des introuvables. Fallait-il voir dans ce sentiment de *déjà-vu* la conséquence d'un savoir acquis ou la réalisation d'un pur fantasme ? Ainsi, du camion auquel me conduisaient mes deux anges gardiens soulagés d'arriver à destination, je pouvais affirmer sans risque d'erreur qu'il s'agissait d'un Austin, celui-là même que pilotait aux actualités cinématographiques de l'époque la jeune princesse Elizabeth. Une croix rouge peinte au centre d'un cercle blanc en ornait le flanc. Assis sur un marchepied, les deux infirmiers asymétriques commis à sa garde – un escogriffe long comme un Greco et un nabot réformable en temps de paix – grillaient une cigarette et observaient notre approche avec une tranquille indifférence.

« Un client pour vous, les gars ! » annonça Bernier.

Les deux types ne firent pas mystère de leur scepticisme.

« Il m'a l'air en plutôt bon état », répliqua le nabot.

Plus forte que les précédentes, une série d'explosions retentit derrière le mur d'une propriété, à environ cinquante mètres de l'ambulance. Des briques volèrent en rase-mottes.

« Faut quand même vérifier. Ordre du médecin ! »

Focart ne rigolait pas et ça s'entendait.

« En plus, le Lion l'a à la bonne », précisa Bernier.

Peut-être convaincus, les duettistes écrasèrent leurs précieuses sèches contre le garde-boue le plus proche, mais s'abstinrent de les jeter. C'étaient des gens économes.

« Alors si c'est un ordre du toubib… » grogna l'échalas.

Il se leva, poussa du pied une cantine métallique.

« Qu'il s'asseye là-dessus, j'ai pas envie de me baisser. Mais sinon… Des fois, votre gars… ? »

Il hésita.

« Ce serait pas… ? »

Entre ces types et Focart, le courant peinait à passer. On devinait l'existence d'un vieux contentieux.

« Ce serait pas quoi ? » gronda-t-il.

Le grand infirmier avait ôté mon béret, mobilisait d'une main ma nuque douloureuse et, avec le pouce de l'autre, soulevait une de mes paupières. Son haleine empestait le tabac de troupe.

« … le sergent qui jouait les héros devant, à la ferme ? »

Il avait, semblait-il, deviné juste. Bernier opina.

« Moulin, corrigea-t-il. Les nouvelles vont vite. »

Le nabot haussa les épaules, renifla.

« Elles ont pas beaucoup de chemin à faire. Y a que les pruneaux pour les doubler. T'entends ? »

L'homme leva un doigt. Je crus à un nouveau test d'ouïe et de vision. Mais non : par-dessus le boucan général, il attirait l'attention de mes camarades sur un chapelet de détonations sèches.

« Les copains grenadent les Chleuhs sur la position, commenta Focart. C'est le bouquet final. Merde, on devrait y être ! »

Il remonta sur son épaule la bretelle de son fusil.

« J'y retourne, dit-il. Toi, Bernier, ramène d'abord la bécane de Dutrieux. Elle est garée tu sais où, à côté de Joséphine. »

Le grand escogriffe avait achevé son auscultation. À en juger d'après sa mine à peine morose, mon cas ne présentait aucun caractère de gravité inquiétante, et moins encore d'urgence.

« Ma bécane ? bafouillai-je. Quelle bécane ? »

Avant de s'éclipser, Focart leva les yeux au ciel.

« Encore ! Putain, Dutrieux ! Tu m'as l'air vraiment dans le gaz ! T'es sûr que tu me remets ? Tenby, Hereford, tout ça… ? »

Le grand escogriffe, dont les oreilles aussi longues que sa personne traînaient, en profita pour affiner son diagnostic.

« On vous garde ici, sergent. Vous avez subi un choc mastard. Pas de bobo apparent mais le toubib a bien fait de vous évacuer. Va sûrement falloir vous examiner de plus près… »

Il se retourna, se pencha et ramassa un objet qui traînait.

« En attendant, cadeau de la maison ! Le gars qui a laissé ça ici n'en a plus besoin et pour vous remettre le ciboulot à l'endroit, faudrait d'abord qu'il vous en reste un ! »

Au lieu de mon béret, il m'enfonça sur le crâne un casque de fantassin, tapa dessus. Le filet de camouflage pendait devant mes yeux. Je l'écartai, coinçai les mailles sous la jugulaire.

À nouveau, toujours derrière le mur mais beaucoup plus près, une volée d'obus se chargea, bien inutilement, de donner raison à l'infirmier. Cette fois, comme les autres, je me jetai au sol.

« Si c'est nos artilleurs, récrimina Bernier, ils se gourent de baraque, les fumiers ! Ou alors ils tirent trop court ! »

Le petit infirmier émit un démenti d'expert.

« Ça, pas un pli que c'est les Frisés ! »

Quand les derniers débris, branches rompues, mottes de terre et pommes vertes, furent retombés en gerbes autour de l'ambulance – les fruits durs tambourinèrent longtemps contre la tôle du toit –, je récupérai mon béret accroché à un phare de l'Austin et le fourrai dans la poche d'où Focart l'avait extrait.

Encore faible, je parvins à me rasseoir sur la cantine qui, selon les inscriptions peintes au pochoir, contenait des fioles d'alcool médicinal. Focart s'esquivait déjà entre une auto blindée et une chenillette abandonnée par son équipage. Il avait négligé de saluer la compagnie. Les infirmiers, eux, s'étaient planqués sous le camion. Philosophes, ils rallumaient leurs mégots.

Le long du mur écrêté, Bernier poussait une grosse moto.

« Voilà ta bête ! cria-t-il. Pas une griffure dans la peinture ! »

D'un solide coup de reins, il mit l'engin sur sa béquille. Sous le rabat d'une des fontes, un fusil était glissé. Bernier le dégagea.

« Pour remplacer ta *Sten*, dit-il en me tendant l'arme. Je l'ai récupéré chez les mécanos. Des pionniers trop pressés ont sauté sur un *booby trap*. T'en auras plus l'usage qu'eux. »

Devant mon absence de réaction, il déposa le *Lee-Enfield* n° 4 sur mes cuisses. Je contemplai le fusil comme s'il se fût agi d'un objet incongru, dont la présence dans ce rêve ne s'expliquait pas. Le bois patiné de la crosse portait de larges et profondes entailles, de même que des taches rouges dont je devinais la nature.

« Il y a dix cartouches dans le magasin, j'ai compté. Mais fais quand même un essai. Si tu sais encore comment ça marche… »

Alors, un phénomène singulier, un de plus, se produisit. Bien sûr, il m'importait de satisfaire l'obligeant Bernier – et surtout de le rassurer quant à mon état de santé physique et mental, ce dernier constituant mon principal souci et probablement le sien. Mais la volonté impatiente de répondre à son attente n'expliquait d'aucune façon l'aisance avec laquelle, de la main droite, je m'emparai du levier d'armement et, à deux reprises, éjectai une cartouche intacte. Il hocha la tête, rasséréné. J'étais stupéfait.

« C'est comme le vélo… » dit-il en riant.

Pour dissimuler mon trouble, j'essayai de récupérer les deux cartouches. Mais le mécanisme d'éjection les avait envoyées trop loin de moi. Avant que je pusse me lever, Bernier les ramassa et me les tendit. Avec la même facilité, j'ouvris la culasse du fusil et, l'une après l'autre, les replaçai dans le chargeur. Le ressort était mou. Bernier eut un sourire.

« Bon, faut que j'y retourne, moi aussi. Focart ne s'en sort jamais si je ne lui tiens pas la main. Profite de ta chance, sergent ! On prendra de tes nouvelles, si les petits cochons d'en face ne nous mangent pas entre-temps. Ils ont la dent. Dis-moi merde ! »

Sans attendre ma réponse, il fit volte-face et prit la tangente. Parvenu sur la chaussée, il se baissa, empoigna son fusil et disparut entre deux camions. Du côté de la ferme ou du moulin, la fusillade connaissait un temps mort. On entendait juste les coups sourds, espacés et réguliers d'une batterie amie qui tirait plus au sud. Cette fois, ça y était : j'étais seul. Les deux infirmiers, a priori rassurés quant à mon avenir immédiat, préparaient l'accueil des éclopés à l'intérieur de leur ambulance et me fichaient la paix. Je n'osais toujours pas me lever. J'avais trop peur de tomber. En plus des vertiges, une solide migraine me serrait les tempes.

Je devais rêver. C'était d'ailleurs, quel que pût être l'angle selon lequel on abordait cette hypothèse, un rêve sophistiqué à l'extrême, d'une cohérence paradoxale, sans nul doute appuyée sur le substrat de toutes mes lectures et l'exploration pourtant à jamais incomplète du passé familial. Aucune autre tentative d'explication, même moins farfelue, ne tenait la route. Aussi, malgré ma curiosité et mon émotion, voulais-je à toute force déjouer cette escroquerie ourdie par l'imaginaire et, appliquant la vieille recette de mon enfance, clignais-je à nouveau des yeux avec une énergie désespérée, me répétant jusqu'à plus soif que tout ceci ne pouvait s'apparenter à une quelconque forme de réalité.

En vain. Le procédé ne fonctionnait plus. Bien au contraire, il m'enfonçait plus avant dans le rêve.

Une main pesait sur mon épaule.

« Ça va, sergent ? s'inquiétait le grand infirmier. Vous y voyez toujours ? Vous pourriez arrêter de ciller comme ça ? Oui ?... »

Devant mon mutisme, l'homme se tourna vers son compère.

« Bon sang, où traîne le lieutenant ? »

L'autre eut un geste fataliste et branla du chef.

« Les gars de l'avant ont dû pas mal morfler. À tous les coups, il doit numéroter les abattis. Ça va se marcher sur les pieds, ici.

— Je te fiche mon billet que le sergent, c'est un *shell shock.*

— Quand tu causeras français, j'essaierai de comprendre. »

À l'intérieur de mon crâne, un marteau battait une énorme enclume. Mais au même instant, un certain équilibre semblait reprendre les commandes de ma carcasse tandis que mes jambes retrouvaient enfin un début de fermeté. Pour moi, le moment était donc venu de m'assurer que la terre, cette bonne vieille terre, acceptait de me porter sans qu'on l'aidât. Utilisant le fusil telle une béquille d'invalide, je parvins à me lever et à me tenir debout. Le grand échalas venait à mon secours. Je l'écartai du bras.

« Laissez, grommelai-je. Ça ira. »

Une idée extravagante m'avait traversé l'esprit. Avant qu'elle devînt fixe, il fallait à tout prix lui donner suite ou la tuer dans l'œuf. La moto me parut d'abord lointaine, hors d'atteinte. Je fis un premier pas vers l'engin, puis un deuxième. Seules les fontes m'intéressaient. J'allais devoir explorer leur contenu.

L'objectif une fois rejoint, je me laissai tomber à quatre pattes puis m'assis sur l'herbe. Les fermetures à boucles de la première sacoche tinrent longtemps mes doigts gourds en échec. Mais enfin, saisi d'une indicible émotion qui m'envoyait des frissons le long de l'échine, je mis la main sur ce que j'espérais – ou craignais – trouver entre une vieille carte Michelin en lambeaux et une gamelle noircie au feu. Avant même d'amener l'objet en pleine lumière, j'avais reconnu sous ma paume le toucher cent fois éprouvé de la couverture toilée. Il était là.

Ce carnet, je ne lui avais jamais connu un tel état de fraîcheur. Il portait encore l'étiquette publicitaire d'un papetier londonien, disparue entre-temps – locution adverbiale devenue impropre. Les coins en étaient certes élimés par l'usage, mais le carton fort de la reliure n'avait subi aucun dégât des eaux. Tandis que je l'ouvrais, l'impatience effaça un instant mes interrogations du jour. La blancheur du papier, son odeur de neuf parasitaient la conviction que je tenais là, entre mes mains, un message issu en voie directe d'un temps doublement enfui. De justesse, je parvins à éviter la chute d'un paquet de photographies glissées derrière la page de garde. Toutes m'étaient inconnues. Au premier examen, aucune n'avait survécu à cette guerre dont je me retrouvais l'hôte très involontaire. Je les passai rapidement en revue. Nombre d'entre elles portaient, inscrites au verso, de précieuses notes.

Ainsi, la nature de mes rapports – ou plutôt *des siens* – avec la paire Focart et Bernier acheva de s'éclairer quand je découvris un cliché, pris en extérieur dans une campagne à murets de style nettement britannique. Leurs noms, je les avais rencontrés dans le carnet. L'image complétait le souvenir. Les compères posaient assis à bord d'une jeep, dont le capot affichait en lettres blanches l'inscription

Joséphine, tandis qu'un troisième homme, sans cesser de fixer l'objectif, rangeait sa moto le long de leur véhicule. Sous le casque, lunettes relevées, je reconnaissais mon propre visage – ou, là aussi, *le sien*. Griffonnée au crayon derrière le carton, la légende était libellée comme suit : *Les joyeux voltigeurs du Condroz – Hereford, 1941.* Les manches des trois hommes, assurément originaires de la région indiquée, voire du même patelin – c'était à vérifier dans le récit que je ne connaissais plus par cœur –, ne portaient aucun grade. Au début du carnet, mon grand-oncle, je m'en souvenais à présent, avait narré les difficultés rencontrées pour récupérer son grade original.

Embarqué à Dunkerque parmi un contingent bigarré de soldats français, naufragé une première fois à trois cents mètres du rivage, il avait débarqué en Angleterre sans papiers militaires, pieds nus et vêtu d'un uniforme mazouté. D'où son rapport particulier avec Focart et Bernier, dont il avait dû longtemps partager la vie de simples soldats. Mais le paquet de photographies me réservait une autre surprise, de taille celle-là.

Glissé parmi les souvenirs collectifs de cantonnements, de virées et de manœuvres outre-Manche, on trouvait aussi, plus personnel, l'unique portrait au format carte postale d'une jeune femme prise en buste. Sa beauté toute simple survivait à l'affreuse coupe de ces années-là, avec son échafaudage de boucles sur un front dégagé. Cette jolie brune aux yeux clairs – le noir et blanc en abolissait à jamais la couleur –, personne dans la famille n'avait eu vent de son existence. Mon grand-oncle avait gardé cet amour ou ce flirt secret. S'il fallait en croire la dédicace, rédigée à l'encre mauve d'une écriture très chantournée, son nom de guerre était *Your Loving Little Squirrel.* Je me fis la réflexion que, moi aussi, j'aimais les écureuils. Mais celui-ci ne ressemblait en rien à Caroline, dont je préférais la coupe tombante, lisse et brève, jamais vraiment décoiffée. Cette divergence me rassurait presque. En jouant sur les mots, seule la couleur des yeux, que l'élue de mon cœur avait noisette, pouvait rapprocher à travers le temps deux femmes assez dissemblables.

Enfin, je feuilletai quelques pages au hasard, y glanai quelques passages et les lus en diagonale. J'en reconnaissais l'écriture familière comme le contenu déjà maintes fois exploré. Pourtant, un trouble particulièrement aigu, qui tenait autant de la peur que de l'espoir irraisonné, me serra la gorge quand je tournai le dernier feuillet utilisé, noirci par mon grand-oncle jusqu'en son milieu.

Ma vue se brouilla.

Les deux lignes finales – ou le début du poème inachevé – brillaient par leur absence. Littéralement. J'entends par là que la blancheur immaculée du papier m'éblouissait. Frappé de stupeur, j'enfonçai le carnet dans ma poche de poitrine et me frictionnai le visage à deux mains. Le casque me gênait. Puisque la canonnade et le crépitement des armes légères semblaient avoir cessé, je l'ôtai et le déposai dans l'herbe, entre mes pieds.

De quel côté de quel miroir étais-je tombé ?

S'il s'agissait d'un songe, alors rien ne trahissait son caractère trompeur. Car j'avais *vraiment* mal au crâne, les balles avaient *vraiment* sifflé autour de moi, les explosions *vraiment* ébranlé le sol sous mon dos. D'ailleurs la fantasmagorie continuait sur un mode mineur : relancés en séquence, les moteurs de la colonne blindée s'étaient *vraiment* mis à ronronner, j'en respirais *vraiment* les vapeurs d'essence brûlée et entendais *vraiment* le tintement contre l'asphalte des douilles évacuées par les portières ouvertes. Les équipages soulagés bavardaient gaiement après le stress du combat. Au bord de la chaussée, les infirmiers taillaient une bavette avec les occupants d'un camion chargé de jerricans. J'entendais fort bien leurs voix tandis que certains se retournaient pour m'observer à la dérobée avec des mines admiratives ou apitoyées. La légende guerrière qui prenait corps autour de ma personne sans que j'en connusse seulement un seul détail se propageait avec célérité. Les blessés commençaient à affluer.

Une des autos blindées qui reprenaient le chemin de Sallenelles s'arrêta à ma hauteur. L'écoutille de la tourelle pivota en grinçant et un gaillard coiffé d'un béret noir pareil au mien hissa son buste au-dehors, les coudes appuyés contre le métal.

« Alors Frédo ? Ça va ? Pour toi c'est la quille ? »

Sa trombine figurait sans doute sur une des photos insérées dans le carnet, avec son nom au verso. Il fallait l'accepter.

Pour toute réponse, je levai la main et lui fis un signe qui se prétendait amical. Derrière lui, une deuxième Daimler donnait des gaz. Le convoi passa. Les commandants des trois véhicules suiveurs me saluèrent à distance avec le même enthousiasme et, crus-je comprendre, les mêmes vœux de bon rétablissement. J'étais – ou je venais de devenir – un type populaire aux yeux de ces gens qui, à l'évidence, me tenaient pour l'un des leurs.

J'hésitai à replacer le carnet là où je l'avais trouvé. Machinalement, histoire de m'occuper les mains, j'explorai sans véritable curiosité les effets hétéroclites qui traînaient dans l'autre fonte de la moto. Il y avait des livres, là-dedans. Au toucher, je reconnus deux minces volumes. Mon intérêt fut ravivé. La chose n'était pas neuve. Tout matériel imprimé exerçait sur moi une irrésistible attraction. J'étais du genre à ne pouvoir laisser traîner un livre sans en lire au moins la première page.

Cette fois, la surprise fut totale. Je la reçus comme un boxeur encaisse un direct au foie – autre manière de dire que la trouvaille me coupa le souffle. Le premier ouvrage, à peine une plaquette, avait pour titre *Augury. An Oxford Miscellany of Verse and Prose*. Il était daté de 1940 et portait en plat de devant un double portrait allégorique dans le style d'Aubrey Beardsley, signé par son auteur d'un *K* majuscule. L'autre livre, plus épais, était intitulé *Selected Poems* et proposait les vers de trois jeunes poètes encore peu connus. Celui-là était sorti de presse en 1943, sous une couverture sobre alternant bandes crème et vert pomme.

Tous deux, je les avais longuement cherchés, en pure perte, chez les bouquinistes les plus pointus de la capitale. Devenus des incunables, ces recueils collectifs contenaient les seuls poèmes de Keith Douglas publiés de son vivant hors revues et périodiques.

Mes doigts tremblaient lorsque j'ouvris les *Selected Poems*. Le papier fané des pages révélait une manipulation fiévreuse de tous les instants. Passant les contributions de John Hall et de Norman Nicholson, je m'arrêtai aux huit quatrains de « Negative Information ». Au sein du choix opéré par l'éditeur, c'était le seul poème que le capitaine Douglas avait écrit après son incorporation. Dans les marges, Frédéric Dutrieux avait gribouillé quantité de commentaires enthousiastes. L'un d'eux, conclu par un grand point d'exclamation, attira plus particulièrement mon regard.

C'est CELA qu'il faut écrire. Le reste : du pipeau !

Deux traits verticaux, appuyés, marquaient le quatrain visé.

Je connaissais ces vers par cœur. Fermant les yeux, je les récitai à mi-voix. J'avais l'impression de les découvrir.

For as often as not we meet
in dreams our own dishevelled ghosts ;
and opposite, the modest hosts
of our ambition stare them out[1].

Mon cœur battait à tout rompre. D'idée absurde en idée folle, une nouvelle curiosité me fit tourner les pages en sens inverse.

Fus-je déçu ? La page de garde du volume n'accueillait aucune dédicace. Avais-je espéré une rencontre ?

Serrant les livres dans ma main gauche, prenant appui de la droite sur le fusil, je me portai jusqu'à la cantine et m'y laissai tomber de tout mon poids, le dos calé contre une roue arrière de l'Austin. Le grand infirmier en sortait justement, porteur d'une bouteille marron, ventrue et cachetée. Son compère s'occupait déjà d'installer trois blessés légers sur des civières.

---

1. « Car le plus souvent nous rencontrons / en rêve nos propres fantômes échevelés / et face à eux, les modestes forces / de notre ambition les affrontent du regard. »

« Un coup de calvados, sergent ? »

Des coups, depuis cinq jours, les hommes s'en prenaient de toutes sortes dans le département du même nom. Rares étaient ceux qu'ils encaissaient avec autant de résilience. J'acquiesçai.

L'homme fit sauter le bouchon avec la pointe d'une baïonnette. En témoignage de reconnaissance, les autochtones libérés sortaient leurs trésors alcoolisés de derrière les fagots. Au début, si je devais en croire les notes de mon grand-oncle datées d'Arromanches, ils prenaient les Belges pour des Canadiens. Pourtant, nombre d'entre nous parlaient flamand entre eux. L'infirmier versa une solide rasade au fond d'un quart. J'en avais besoin pour me requinquer. Le cordial me brûla le gosier.

« C'est quoi… votre nom ? toussai-je.

— Vermote, sergent.

— Eh bien, Vermote, ne vous frappez pas mais… »

Impossible de trouver les mots. Comment dire ?

Plus intrigué que ne l'indiquait son visage apparemment impassible, il m'encouragea à poursuivre.

« Dites toujours, sergent ? »

Tant pis, soit j'aurais l'air d'un imbécile, soit il me plaindrait. Mais une possibilité n'excluait pas l'autre.

« Tout le monde me bassine avec ce que j'aurais fait…

— Là-bas ? Devant la ferme ?

— Précisément… J'ai comme un blanc. »

Il prit l'air soucieux que j'avais attendu, me considéra avec intérêt puis, contre toute attente, m'adressa un large sourire.

« Vous bilez pas, sergent. Le choc vous a mis la tête à l'envers. Ça vous reviendra. De toute manière, ça figurera noir sur blanc dans votre citation. Moi, j'étais pas aux premières loges, alors vous comprenez… En attendant, buvez encore un coup ! »

Il m'avait resservi. Je m'exécutai. Toussai encore. Ce calvados-là, on ne devait pas le trouver dans le commerce. L'infirmier sourit de plus belle, porta le goulot à sa bouche et, à son tour, fit descendre le niveau dans la bouteille avec une charité bien ordonnée qui, nul ne l'ignorait, commençait toujours par soi-même. Comme quoi ce lascar commettait parfois des infractions à ses propres règles. J'eusse été malavisé de m'en plaindre.

Au fond, je me fichais pas mal d'être soûl. Je l'étais déjà sans doute, et depuis longtemps. *Essentiellement*.

Pour évoluer sans couac dans ce rêve absurde mais précis, je savais ce qu'il me restait à faire. Provisoire ou définitive, la perte de mémoire ne me sauverait pas longtemps la mise. Non, pour me tirer des malentendus qui ne manqueraient pas de se présenter, je disposais d'une arme. Tout en trinquant avec Vermote, quart contre bouteille, je tapotai ma poche de poitrine. Le carnet toilé ne s'était pas volatilisé. Un semblant de logique gouvernait donc encore le déroulement de ce court-circuit. Dans le complexe réseau électrique du temps, deux fils s'étaient touchés, peu importait où, peu importait comment, peu importait pourquoi.

J'allais devoir en tenir compte.

Bûcher une matière, je n'avais fait que cela pendant quatre longues années. Je sortais à peine d'en prendre. Cette fois, j'allais changer de littérature, situer ailleurs le champ de mon étude. Dès ce soir, si ma cervelle en pièces détachées et le redoutable calva local m'y autorisaient, je commencerais à potasser dans le détail les souvenirs du sergent Frédéric

Dutrieux. J'y trouverais, au minimum, quelques réponses à certaines de mes questions.

Certaines.

Sûrement pas toutes.

7

Tilly-sur-Seulles

Aux premiers tours de roues, j'avais compris tout l'intérêt d'un casque de motocycliste. Avec celui de fantassin, dès que je prenais un peu de vitesse, le vent me sifflait aux oreilles et, rabattu contre ma nuque, insinuait son souffle dans mon dos par le col de ma vareuse. Mais la douceur de ce mois d'août rendait cet inconvénient presque agréable et j'avais renoncé à nouer l'écharpe trouvée dans une des fontes. Par chance, les bonnes fées de l'intendance avaient déniché dans leur stock les indispensables lunettes à coques. Car les inondations défensives avaient fait leur œuvre : c'était un été à moustiques et à moucherons.

Droit devant, le carrefour d'Amfreville s'annonçait. Dans quelques instants, mon choix prendrait un caractère irrévocable. Tout retour en arrière s'assimilerait de facto à une défaite. Ma résolution ne flanchait pas. Les dés étaient jetés.

En attendant, je pouvais me prendre pour Tintin. Le petit reporter ne pilotait-il pas avec une même aisance, sans entraînement préalable ni possession avérée d'aucun permis, voitures, trains, draisines, avions, chars d'assaut, canots automobiles et autres moyens de transport les plus divers ? Moi qui, vélo mis à part, n'avais jamais posé les fesses sur aucune selle et ignorais jusqu'au nom des pièces et des organes mécaniques composant une moto, je conduisais l'Ariel d'une main sûre – et d'un pied tout aussi sûr, puisque le sélecteur de vitesses se commandait apparemment du bout de la godasse. Et cela quand, dans une autre réalité, à la grande contrariété de ma fiancée, je reportais d'année en année le projet de passer le permis auto. Cette inexplicable maîtrise me laissait confondu mais ravi. C'était un fait : la cohérence qui caractérisait mon rêve s'accommodait sans problème de bénignes absurdités du même genre et, il fallait le croire, recelait d'autres portes encore insoupçonnées. Ces portes, j'avais pris la décision de les ouvrir. L'opération présentait-elle des risques ? Je le saurais vite. Mon plan de route menait tout droit à l'une d'elles.

Après quatre jours d'une convalescence active, durant laquelle j'avais appris sur le tas le métier d'estafette avancée pour l'état-major, le médecin binoclard m'avait déclaré apte à rejoindre l'escadron d'autos blindées auquel j'appartenais en qualité de voltigeur. J'avais donc reçu l'ordre de rejoindre mon unité d'origine. Le combat de Sallenelles ayant démontré la relative inefficacité des Daimlers en matière de franchissement d'obstacles, et donc comme soutien rapproché de l'infanterie, l'escadron avait été détaché auprès des Britanniques qui opéraient sur la droite de la brigade, dans l'intérieur des terres, où il effectuait désormais les missions de reconnaissance pour lesquelles il avait été conçu. Quant au gros des troupes, soit l'infanterie motorisée, il poursuivait sa progression parallèle vers Deauville, le long de la Côte Fleurie qu'il avait reçu mission de libérer.

À chacun de mes rares moments de liberté, j'avais relu avec attention les notes de Frédéric Dutrieux. En gros, je savais donc quel rôle j'aurais bientôt à jouer en opération. Avec Bernier, Focart et les deux autres passagers de la jeep Joséphine, Demol et Marlaire, des évadés de 41, nous assurions les arrières de la *troop* n° 5. Surtout, aidé par les légendes au verso des photos, j'avais tâché de mémoriser un maximum d'informations utiles sur mes camarades et notre passé commun. Les inévitables trous qui subsistaient passeraient sur le compte de mon état de confusion mémorielle, lequel inspirait un genre de respect à ceux qui véhiculaient la légende de mon mystérieux fait d'armes.

Mais ces retrouvailles qui n'en étaient pas et ne pouvaient en être devraient attendre. Car durant ces quatre jours, j'avais conçu un plan alternatif. Ce matin, dans le camion de l'administration, je m'étais confectionné un ordre de mission dactylographié, dûment tamponné et paraphé, dont aucune casquette rouge ne prendrait la peine de vérifier l'authenticité. Les policiers militaires de Sa Majesté brillaient davantage par leur rigueur que par leur bilinguisme et les termes français de mon billet, qui ne précisait aucune destination, devaient suffire à décourager leur curiosité. De mon côté, si je savais parfaitement où j'allais et ce que j'avais à y chercher, j'ignorais en revanche si je le trouverais. En réalité, je voulais mettre à l'épreuve l'apparente logique de mon rêve et, si possible, le surprendre en flagrant délit de mensonge.

Au carrefour d'Amfreville, je m'arrêtai pour laisser passer une théorie de camions Bedford qui roulaient plein est vers Dozulé, dans la direction que j'étais censé suivre.

Mais l'hésitation n'était plus à l'ordre du jour. Dès que le dernier poids lourd eut disparu derrière un nuage de poussière blanche, je braquai à droite et mis le cap sur Ranville, en sens opposé. J'avais prévu de franchir l'Orne sur le Pegasus Bridge, de contourner Caen par le nord pour, via Carpiquet, me diriger ensuite vers Fontenay. Selon la carte Michelin, une bonne quarantaine de kilomètres me séparaient de mon objectif. Tenant compte de l'état déplorable des routes, de leur encombrement général, des inévitables détours qui m'attendaient et des performances modestes de l'Ariel, j'atteindrais Tilly-sur-Seulles au plus tôt en début de soirée. Une fois sur place, je devrais alors compter sur le souvenir encore frais de mes vacances normandes avec Caroline pour tenter de m'orienter et, au bout du compte, trouver ce que je cherchais. Si du moins les lieux n'avaient pas trop changé. Et s'il y avait quelque chose à trouver. Quoi qu'il en fût, du résultat de cette quête improvisée dépendait mon avenir ou, plus exactement, celui du rêve à l'intérieur duquel lequel j'errais. S'il s'agissait bien là d'un rêve. Ce qui, au total, constituait une belle collection de *si*.

Mieux valait n'y pas trop songer et, en manière de diversion, consacrer toute mon attention aux possibles pièges du trajet. Jusqu'aux abords de Caen, le voyage se déroula sans anicroche. Les difficultés commençaient au débouché de la campagne. En fait, la limite entre la ville et ses faubourgs semblait abolie. Les bombardements aériens et les duels d'artillerie avaient presque rasé la vieille cité, dont je n'apercevais au loin, tremblant dans l'air chaud, que les tours apparemment intactes des deux grandes abbayes. Longtemps, je dus me frayer un passage à travers un dédale de gravats, entre des moignons de murs et de façades qui peinaient à dessiner le profil de rues disparues. Les convois s'y croisaient avec peine et, souvent, rebroussaient chemin ou déviaient sur les injonctions de policiers militaires informés par le génie d'écroulements possibles et de déblaiements en cours. Déjà médiocre, ma moyenne baissait en conséquence. Pour deviner la direction de Carpiquet et de son aérodrome, je dus me fier à mon ouïe, qui percevait le bourdonnement d'abord diffus, puis de plus en plus précis des Typhoons au décollage. La RAF mettait les bouchées doubles. Des essaims de chasseurs-bombardiers partaient en formations serrées à la chasse au Tigre et autres fauves d'acier en voie de disparition dans la jungle du bocage.

Les contrôles étaient rares et le trafic intense. Renforts et matériels affluaient vers le front. Pendant vingt bonnes minutes, par prudence, je mangeai la poussière soulevée par les chenilles de cinq « Lucioles » qui, d'après le renard rouge peint sur leurs marquages, devaient rejoindre la brigade dont relevaient les Sherwood Rangers. Pour une rencontre différente de celle que j'anticipais – mais l'hypothèse relevait encore du fantasme –, j'arrivais deux bons mois trop tard.

Cela me permit de constater la vérité de la légende : dans un virage à l'entrée d'un bourg anonyme, le long canon du Firefly de tête accrocha un poteau télégraphique. Le craquement plaintif du bois sec jeta une note tenue dans le concert grinçant des chenilles. À coup sûr, le pilote devait sortir de l'école d'application. Le cortège s'immobilisa un instant. Je profitai de cet arrêt providentiel pour donner des gaz, doubler les chars et, sans cesser de rouler, battre du plat de la main gauche mon *battle-dress* enfariné de poussière. Au passage, je saluai le motard qui attendait le convoi. C'était un MP. Trop occupé, il ne remarqua chez moi ni l'absence de gants ni le port du fusil à l'horizontale, coincé sous le rabat du havresac. À sa décharge, d'autres collègues moins absorbés par leur tâche du moment n'avaient pas davantage tiqué sur l'étrange équipage de ce soi-disant motard de liaison. Et puis, à supposer qu'ils fussent encore visibles, les lions belges de mes écussons leur promettaient des complications, en premier lieu linguistiques. Bref, ils avaient de plus gros félins à fouetter.

À partir de Saint-Manvieu, le paysage normand, jusque-là très plat, se remettait à onduler sans excès entre les pâtures et les bosquets de feuillus. L'activité et la présence militaires s'y révélaient surtout par les traces de leur tumultueux passage. Les chenilles par centaines avaient défoncé les routes et remplacé les charrues dans les labourés. Bousculés par les tirs et les ruées de blindés, quantité de pommiers gisaient racines en l'air. Agglutinées ou solitaires, des carcasses de char perforées, calcinées ou les deux à la fois encombraient plus que jamais les bas-côtés de la chaussée et les prairies alentour. Aux carrefours, une signalisation de type britannique avait chassé les panneaux en langue de Goethe, dont certains traînaient encore au fond des fossés.

Arrivé à l'entrée d'un lieu-dit que la carte signalait sous le plaisant toponyme de La Guinguette, je fis halte devant une longue bâtisse en pierre beige, presque épargnée par les combats – à savoir que seule la toiture était crevée d'impacts, à travers lesquels se voyaient poutres et chevrons.

La poussière des routes m'avait séché le gosier. J'avais besoin d'eau pour remplir ma gourde et arroser la boîte de ragoût de mouton dérobée ce matin à l'intendance dans une caisse de rations.

Comme personne ne répondait à mes coups frappés contre la porte, j'entrai et, inattentif, accrochai les jambages de granit avec la crosse et le canon de mon fusil. Un juron m'échappa. S'il n'avait pas suffi à révéler ma présence, la plainte des vieux gonds prit le relais. Elle devait faire office de sonnette, car un vieil homme ridé mais robuste, à dégaine de paysan classique, blanc de moustache et de cheveux, apparut dans la lumière de l'entrée. Il sortait visiblement de sa cave, où nombre de civils avaient déplacé leurs habitudes. Comme tout le rez-de-chaussée, sa veste lustrée sentait le moisi. À l'énoncé en français de ma requête, il garda son expression fermée à double tour, me fit signe de le suivre jusqu'à un vaste évier en pierre, me prit la gourde des mains puis, toujours sans souffler mot, manœuvrant la pompe à bras, la remplit d'une eau dont, faute de la croire absolument potable, je pouvais sentir la fraîcheur à distance.

« Canadien ? » finit-il par grommeler.

J'étais las de démentir. Pour toute réponse, je me bornai à hocher la tête. S'il n'était pas bavard, je ne l'étais pas davantage.

En ressortant à l'air libre, j'éprouvai enfin la fatigue musculaire accumulée au long du trajet. Sur le chapitre de l'endurance à moto, j'avais encore pas mal de progrès à faire. Dans le contexte, c'était un élément presque rassurant. Entre moi et mon grand-oncle, malgré la confusion, une distance persistait.

Le moment était donc venu de marquer une pause. La faim me tenaillait. À trois cents mètres du carrefour, sur la droite de la chaussée, un cimetière d'aménagement récent dressait ses rangées de croix, dont quelques casques coiffaient certaines. La rumeur prétendait qu'ils n'y restaient pas longtemps, fauchés par les gamins friands de souvenirs guerriers. À l'entrée du chemin grossièrement damé qui y menait, je mis la moto sur sa béquille et me disposai à prendre mon repas. J'avais perdu la notion de l'heure et, voilé par un fin dais de nuages, le soleil ne m'était pas d'un grand secours. En faisant le tour de Caen par le nord, j'avais perdu un temps précieux. Quinze heures avaient dû sonner aux pendules des maisons encore debout. Les clochers des rares églises oubliées par les bombes et les obus demeuraient muets.

Si les plans tactiques étaient respectés, l'escadron avait dû dépasser, bien plus à l'est, le bourg de Dozulé et reconnaître les abords de Danestal. Dès demain, pour éviter les ennuis, j'avais l'obligation de rejoindre les rangs. Rien ne pressait pourtant. Selon l'ordre de mission que je m'étais octroyé, je ne quittais officiellement l'état-major de la brigade que dans une quinzaine d'heures. Il ne faudrait certes pas traîner en route. Au pire, j'aurais soixante bornes à couvrir d'une traite, à la poursuite de mon unité. En soi, la performance n'avait rien d'insurmontable. Non, ma principale préoccupation portait sur un tout autre sujet, à savoir que j'ignorais dans quel état d'esprit j'aurais à effectuer ce trajet de retour. Je n'allais pas tarder à le savoir.

Le mouton froid avait du goût et l'eau, aucun. J'avais redouté le contraire. Tandis que ma cuillère raclait le fond de la boîte, un train de pensées décousues m'occupait l'esprit. Ainsi, je me demandais si ma démarche pouvait affecter, fût-ce sur un point de détail, le cours général de l'Histoire avec majuscule, et la mienne par contrecoup. J'étais sceptique. Autant poser que le battement d'ailes d'un papillon pouvait vraiment provoquer un raz-de-marée ou, dans une chronologie plus rapprochée, croire que, s'il eût réussi, l'attentat du comte von Stauffenberg, à peine un mois plus tôt, aurait pu rendre caduc le sens de la bataille au cœur de laquelle j'étais fourvoyé. Seulement voilà, parce qu'il avait donné du pied dedans en se penchant sur une carte, l'*oberst* Brandt avait déplacé la mallette déposée par le comte sous la table de la *Wolfsschanze* et Hitler avait survécu. En remontant comme je le faisais la départementale 9, n'étais-je pas en train, avec une innocence suspecte, de déplacer un autre genre de mallette, dont le contenu et les éventuels effets m'étaient inconnus ? À vrai dire, rien ne l'indiquait.

Pour moi, en tout cas, cette part d'un passé personnel que je revivais par procuration demeurait terre vierge. Car dans le carnet toilé, mon grand-oncle avait laissé en blanc tout ce qui suivait le 16 août et la prise de Sallenelles. En réalité, croyant y introduire un détour, voire une bifurcation, peut-être ne faisais-je après tout que reproduire à l'identique le parcours qu'il avait emprunté. Dans cette hypothèse, je n'avais à craindre que ce qui lui était vraiment arrivé, sur quoi planait un demi-siècle de doute.

Vraiment. L'adverbe nourrissait tous les vertiges et résumait à lui seul les nombreuses questions que je me posais. Ainsi, en dépit de son apparent réalisme, étais-je *vraiment* perdu au fond d'un rêve ? Et, partant, étais-je *vraiment* celui que je pensais être ou n'étais-je que le spectateur, sinon le metteur en scène d'un destin déjà accompli, étranger au mien ? *Je est un autre*, avait prévenu Rimbaud – dont Keith Douglas avait traduit en anglais, entre autres poèmes, « Le Dormeur du val ». Ce sonnet ne figurait pas, j'avais vérifié, dans les recueils annotés par mon grand-oncle.

Ces sottes ratiocinations ne menaient à rien de concret. Je secouai la tête, jetai la boîte vide derrière les hautes herbes et me levai. Avant de reprendre la route, je fouillai les fontes de la moto à la recherche d'un nécessaire de toilette. Le miroir de poche en était fêlé. J'ôtai mon casque, le déposai sur la selle et, à sa place, coiffai le béret noir. Aussitôt, je sus que mon grand-père avait eu raison, et mon père probablement peur d'admettre une vérité troublante. Avec la couleur en plus, trait pour trait, je ressemblais bien au portrait du sergent Frédéric Dutrieux posé sur la commode de ma chambre, dans un monde devenu inaccessible. Tout déni eût relevé d'une indéfendable mauvaise foi. Ou alors, le rêve me jouait un mauvais tour supplémentaire.

Au moment de démarrer, je me demandai si, lors de notre périple normand, Caroline et moi n'avions pas longé ce cimetière dans sa configuration définitive, embellie par les architectes et les horticulteurs. C'était fort possible. Sauf que, venus de Bayeux, nous avions suivi la départementale en sens inverse, à travers un paysage modifié par quarante années de paix. Puis je me souvins qu'au sortir de Tilly-sur-Seulles nous avions pris la route d'Audrieu et découvert, au premier croisement, le mémorial des Sherwood Rangers, qui rappelait le décès de Sweeney

Todd et de deux autres officiers de son état-major, fauchés par un obus allemand dans une cour de ferme. Le fait avait eu lieu le 11 juin, deux jours après la mort de Keith Douglas. Non, la mémoire et les lieux me trompaient : c'était mon premier passage par ici.

Aussi pris-je bien soin, après la mairie de Juvigny, de remonter plein nord sur la D 6, à contre-courant du trafic qui descendait vers Villers-Bocage. Plus j'approchais de Tilly, plus les traces des furieux combats qui s'y étaient déroulés, au point de voir le bourg pris et repris à vingt-trois reprises, marquaient la route et ses environs immédiats. Les cratères l'emportaient sur les nids-de-poule et, quand elles possédaient encore un bout de toit, les maisons avaient perdu leurs fenêtres et leurs huisseries. Pour la plupart d'entre celles qui avaient survécu au déluge de feu, les murs lézardés ne supportaient plus qu'un squelette de poutres, souvent calcinées. Sur l'axe principal, le génie avait travaillé et travaillait encore, mais quantité d'épaves obstruaient les rues latérales. Je dépassai ainsi la carcasse trouée d'un char Cromwell, dont le tueur probable, un Panther démantibulé, reposait cent mètres plus loin, rencogné entre deux remblais de gravats qui avaient dû être des immeubles. Tilly-sur-Seulles, à première vue, ressemblait à une cité fantôme.

Parvenu au carrefour de la D 13, ou ce qu'il en subsistait, j'hésitai sur la direction à prendre. Au bout de mes tergiversations, je tournai à droite sur la vague intuition d'y trouver l'église, dont l'étonnant clocher en bâtière avait marqué mon souvenir lors de ma première visite – laquelle n'aurait pourtant lieu, en toute absurdité, je ne l'oubliais pas, qu'environ quarante ans plus tard. L'intuition s'avéra bonne, le souvenir beaucoup moins. Car si le sanctuaire dédié à saint Pierre, abîmé mais toujours debout, apparut effectivement au détour d'un virage, il ne me fallut pas deux secondes pour réaliser que je faisais fausse route. Certaines images me revenaient. Plus loin, j'allais justement tomber sur la ferme où Sweeney Todd et ses collègues s'étaient pris un obus allemand sur la cafetière. Le demi-tour s'imposait.

Cette fois, j'avais retrouvé mes repères. Le but était proche. Je sentais bien que je brûlais. Seul l'état lamentable de la chaussée me retenait de foncer à travers le bourg, où je ne croisai âme qui vive à l'exception de quelques pionniers très momentanément désœuvrés, grillant une cigarette accotés à leur bulldozer. Inutile de me renseigner auprès d'eux. Car maintenant, je *savais*.

Je traversai le carrefour en coup de vent, entre deux convois, et embouquai la D 13 en sens inverse, direction Lingèvres. Dans moins d'un kilomètre, j'arriverais au terme de ma quête.

Le cimetière britannique de Tilly-sur-Seulles se déployait sur la gauche de la route départementale. Comme celui de Saint-Manvieu, il était d'aménagement récent. Comme lui aussi, il n'entretenait qu'un très lointain rapport avec l'enclos apollinien qu'en feraient, dans quelques années, les esthètes philosophes de la Commission des tombes de guerre. Pour y découvrir les élégants portiques, les pelouses veloutées, les plantations à l'anglaise, les bancs pour parcs londoniens et les stèles individuelles finement sculptées dans la blanche pierre de Portland – bref le cimetière tel que nous l'avions visité, Caroline et moi –, il était beaucoup trop tôt. Ici, au lieu d'un jardin réfléchi, dédié au recueillement et au souvenir, on avait encore affaire à un champ de morts, dont les croix plantées de guingois dans la terre trop meuble peinaient à installer une quelconque solennité. La tristesse et le deuil avaient seuls la parole. Garé contre un piquet le long de l'accès, un vieux vélo de dame attendait sa propriétaire.

Comme je m'y étais attendu, situer la tombe qui formait l'objet de ma recherche présentait quelque difficulté. À l'entrée de ce chantier mortuaire, on ne trouvait pas encore l'inévitable registre alphabétique, accessible dans sa niche métallique. Aussi devais-je recourir aux services d'une mémoire imparfaite. Sur l'ébauche que j'avais sous les yeux, mon souvenir tentait de poser le calque du plan définitif. Je pénétrai à l'intérieur de l'enclos. Dans ce récent passé entre-temps mué en lointain avenir, la tombe était creusée dans la parcelle située à gauche de l'entrée, au quatrième ou au cinquième rang. Depuis son emplacement, on pouvait admirer deux grands arbres, des charmes m'avait-il semblé, qui devaient n'être encore ici que de jeunes arbustes. Le cœur battant et les tempes en sueur, je commençai d'arpenter les sentiers de terre tassée entre les sépultures, déchiffrant à chaque arrêt le nom et le grade inscrits sur le bois de la croix.

Pour un résultat nul. Ce qui montait en moi, je ne savais s'il fallait l'appeler angoisse ou espoir. Me souvenant que j'avais souvent confondu la gauche et la droite, et pas seulement lorsqu'il s'agissait d'armer un fusil, je poursuivis ma recherche dans la parcelle opposée. Pour un échec identique. Quand je pus lire le nom de Sweeney Todd, soit – n'en déplût au biographe du capitaine qui, par délicatesse, en était resté au sobriquet du personnage – le major Michael H. Laycock, l'évidence me tomba dessus comme un tronc d'arbre. Pris d'un nouveau vertige, j'ôtai mon casque, le jetai à terre et me pris la tête à deux mains.

Il n'y avait pas à sortir de là : dans ce monde-ci, Keith Douglas n'était pas mort. Ou alors, son absence dans ce cimetière s'expliquait par une raison que je n'apercevais d'aucune manière.

Du coup, un autre plan fou commençait à germer dans le désordre absolu de mon esprit. À travers le temps, une rencontre devenait-elle possible ? Avait-elle eu lieu ? Déjà, je maudissais le défaut de curiosité qui avait arrêté mon intérêt pour l'épopée des Sherwood Rangers au 9 juin 1944. Quel parcours leurs chars avaient-ils suivi jusqu'en Allemagne ? Je le découvrirais. A priori, dans ce monde-ci, tout devenait possible pour le sergent Frédéric Dutrieux. Si l'on exceptait les deux lignes sibyllines qui n'y figuraient d'ailleurs plus, les dernières pages de son carnet toilé n'ouvraient-elles pas sur la blancheur virginale d'une vie encore à écrire ?

« *Good evening, serjeant ! Are you looking for a friend*[1] *?* »

Avant même de me retourner, malgré la parfaite correction de la formule – voire à cause d'elle –, je sus que j'avais affaire à un francophone. Et de fait, le jeune ecclésiastique qui se tenait derrière moi, à distance respectueuse, vêtu d'une soutane trop courte qui dévoilait des bas de pantalon serrés dans de hautes chaussettes à rayures, pouvait difficilement passer pour un clergyman grand-breton en villégiature. La terre fraîche qui lestait ses antiques godillots

1. « Bonsoir, sergent ! Vous cherchez un ami ? »

faisait sans nul doute de lui le propriétaire du vélo garé à l'entrée du cimetière. Il s'appuyait au long manche d'un râteau et me souriait de toutes ses dents.

« Pas exactement, mon père. »

Sa bouille ronde exprima la surprise.

« Canadien ? Vous n'avez pas l'accent… »

Ce type avait de l'oreille, lui aussi.

« Belge », précisai-je en montrant un de mes écussons.

Pour appuyer l'affirmation, je sortis mon béret d'une poche, astiquai le lion métallique agrafé sur le feutre et le coiffai.

« Ça met de la variété ! dit-il. À mon tour de vous corriger. Je ne suis pas curé. Ou du moins pas encore. Cette vieille soutane usée appartient à mon oncle. Je ne l'enfile que pour jardiner. En fait, je suis séminariste à Caen.

— Vous avez dû en voir de dures, là-bas.

— C'est pourquoi je suis ici. Mon séminaire est fermé. Ou plutôt non, très ouvert. À ciel ouvert, même. »

Il eut un petit rire.

« Mais revenir à Tilly n'était pas forcément une bonne idée. Beaucoup de civils du coin sont morts pendant les combats. Bon nombre de vos camarades britanniques aussi. Le dire ici, c'est presque inutile. Mais je ne me suis pas présenté. Jacques Lenormand – le bien nommé, si, si ! –, pour vous servir… »

Je serrai la main qu'il me tendait, sèche et ferme.

« Frédéric Dutrieux. Sergent, comme vous l'avez vu. »

Il rit encore.

« Ne vous étonnez pas, sergent. L'église, c'est un peu comme l'armée. Nous avons nos grades. Vous êtes en mission ? »

Je soupirai, surpris par le tour que prenait cette conversation. Avec la gent ecclésiastique, il n'y avait chez moi aucun moyen terme. Ses membres m'inspiraient, au choix, sympathie ou ennui. L'évidente bonhomie de celui-ci, encore novice, me plaisait.

« En quelque sorte… éludai-je.

— Si cela concerne ce cimetière, je puis peut-être vous aider. En attendant de pouvoir servir Dieu et les vivants, il me semble équitable de donner aux morts l'attention qu'ils méritent. Surtout quand ils reposent loin de chez eux. Je donne un coup de main, apprécié, je crois. Les Britanniques ne sont pas nécessairement précis quand ils bombardent, j'en sais quelque chose, mais pour le reste, ils ne laissent rien au hasard. Ce cimetière, je vous fiche mon billet qu'ils en feront quelque chose de très beau. »

Je pouvais le confirmer dans sa conviction. Évidemment, je m'en abstins. Ma présence, c'était évident, l'intriguait.

« Je me répète, mais si vous cherchez un défunt… »

Après tout, pourquoi pas ?

« Un poète », dis-je.

Cette fois, il tiqua pour de bon.

« Un poète ? Ça ne court ni les rues ni les cimetières ! Mais dites toujours son nom. Voyez-vous, sergent, j'adore la littérature anglaise. Et je la lis de préférence en version originale. »

C'était décidément un futur prêtre bien singulier. À tout hasard, je décidai de lui donner satisfaction.

« Keith Douglas, dis-je. Capitaine Keith Douglas. »

De profondes rides creusèrent le front par ailleurs lisse de ce gamin grandi trop vite.

« Désolé, déplora-t-il. Je ne connais pas.

— Ne vous frappez pas, monsieur Lenormand. Il n'est pas encore très connu, même en Angleterre. Et s'il est bien mort… »

J'espérais toujours le contraire.

« … alors ça s'est passé non loin d'ici, poursuivis-je. Du côté de Saint-Pierre, en remontant vers Audrieu. »

Le jeune homme se mordit les lèvres, fronça les sourcils et, peut-être afin de mieux réfléchir, déposa son râteau entre deux tombes, les dents prudemment tournées vers le sol.

« C'est que, voyez-vous… » commença-t-il.

En moi, la tension remontait.

« Dites ? » le pressai-je.

L'homme prit une longue inspiration, se frotta le menton.

« Ils ne sont pas tous ici. »

Voilà qui demandait une clarification.

« Pas tous ? Qu'entendez-vous par là ? »

Le sourire revenu illuminait sa face.

« Il en est tombé partout, vous savez. De tous les régiments. La commune héberge d'ailleurs un deuxième cimetière anglais sur son territoire, du côté d'Hottot-les-Bagues. Mais ce n'est pas celui auquel je pense. La campagne est saupoudrée de tombes individuelles. Leurs aumôniers enterraient souvent les morts dans l'urgence, dès qu'ils le pouvaient… Je suppose que non, mais connaissez-vous le révérend Skinner ? »

J'allais, une fois de plus, étonner ce serviable individu. Ça me revenait, maintenant. Selon une note très brève figurant dans la biographie de Desmond Graham, avec l'aide du lieutenant Bethell-Fox, Leslie Skinner, l'aumônier des Sherwood Rangers, avait enterré Keith Douglas au pied de la haie où celui-ci était tombé, tué par un éclat de mortier si minuscule que le prêtre n'avait pu découvrir aucune plaie apparente sur le cadavre.

Peut-être avait-il ainsi tenu à le remercier au-delà de la mort ? Car seul le capitaine Douglas s'était proposé pour transporter sur son Sherman le stock de croix de la Graves Registration Unit[1]. Les tankistes sont gens superstitieux. J'avais totalement oublié cet épisode. Aussitôt, l'émotion me serra la gorge.

Ce premier enterrement à la sauvette expliquait peut-être l'absence provisoire de mon poète au cimetière de Tilly ?

« Oui, mentis-je. Je le connais.

— Un prêtre dynamique, reprit Lenormand. Très dévoué à ses camarades, morts comme vivants. À force de creuser des tombes, il a dû se faire des cals et des ampoules. Je ne l'ai rencontré qu'une seule fois, ici même… Vers Audrieu, disiez-vous ?

— C'est cela.

— Dans ce cas, vous devriez aller jeter un coup d'œil. Le révérend a enterré au moins deux officiers dans ce coin-là. Un lieutenant et un capitaine, je crois. À terme, sûr que le service compétent ramènera leurs dépouilles ici ou à Hottot. Perdues parmi les champs, leurs sépultures risqueraient de tourner à rien.

— Vous savez où ils reposent ?

— Je pourrais vous y conduire, si vous avez le temps.

— Malheureusement, je suis assez pressé. »

Surtout, je me voyais mal sillonner la campagne avec, en binôme, un type en soutane sur la selle de ma moto.

1. Unité d'enregistrement des sépultures.

« Je comprends, fit-il, peut-être déçu. Dans ce cas, un croquis devrait vous aider. Vous avez de quoi écrire ? »

Le carnet toilé remplissait toujours ma poche de poitrine. J'y avais aussi glissé un crayon. Mais, au dernier moment, je me ravisai. Les ultimes pages du carnet devaient demeurer vierges, telles qu'elles m'étaient parvenues ou presque. Y inscrire autre chose pouvait entraîner, me semblait-il, des conséquences aussi imprévues qu'en l'espèce inutiles. Plié en quatre, mon faux ordre de mission s'ennuyait dans l'autre poche. Je l'attrapai entre deux doigts et, avec le crayon, le tendis à mon interlocuteur.

« Merci, sergent. Je vous montre... »

Il mit un genou en terre et, lissant le papier sur sa cuisse gauche, commença à tracer des lignes et des flèches.

« Là, vous avez la route d'Audrieu... Tournez tout d'abord à gauche... Ici, vous arrivez à hauteur d'un bois... Vous prenez un petit sentier encore vers la gauche, là, et le long de la haie, je dirais quatre-vingts mètres plus loin, vous trouvez une première tombe... C'est clair pour vous, sergent ?

— Je crois bien.

— Pour la deuxième tombe, vous suivez le même sentier puis, au premier croisement, vous prenez à droite, vous continuez sur... disons deux cents mètres, vous tournez cette fois sur votre gauche... Là, vous devriez apercevoir une haie... Je n'y suis allé qu'une seule fois, alors excusez-moi mais je ne pourrais pas être plus précis... Vous verrez, le terrain descend à cet endroit. Sur votre moto, le chemin devrait être tout juste praticable. En cherchant un peu, vous ne pouvez pas la manquer.

L'autre officier est enterré là, sous la charmille. C'est un lieu très solitaire... »

Pourtant peu sûr de m'y retrouver, je hochai la tête.

« Ah oui, un détail peut-être intéressant pour vous...

— Dites-moi ça ?

— Tous deux étaient tankistes. Il y a eu là-bas un combat de chars. C'est du moins ce qu'on m'a dit.

— On ne vous a pas menti, monsieur Lenormand. Vous n'auriez pas retenu les noms, sait-on jamais ? »

Il haussa les épaules, esquissa une moue fataliste.

« Il y en a tellement, sergent ! »

Autour de nous, les croix plantées par dizaines en disaient assez sur le sujet. Je ramassai mon casque et mes lunettes. Il me tendit le papier, que j'empochai.

« Je vous remercie.

— Pas de quoi, sergent. C'est bien le moins que je puisse faire pour un de nos libérateurs. J'espère vous avoir été utile.

— Le contraire me surprendrait. Bonne ordination, alors ? »

Le séminariste courba l'échine, récupéra son râteau.

« Ce ne sera pas pour tout de suite. Mais bah, malgré tout ça, j'ai quand même gardé la foi. Bon retour en Belgique !

— La route est encore longue, pour moi aussi ! »

Encore plus longue que tu ne pourrais l'imaginer, songeai-je.

D'un pas plus ou moins assuré, je regagnai l'entrée du cimetière. Quand je sautai en selle, je vis que Lenormand m'adressait de grands signes de la main. Je m'empressai de lui répondre. Puis, ajustant les lunettes sur mes yeux, je démarrai. Les pneus de la moto crissèrent sur un tapis effiloché de gravillons. Avec la dextérité qui m'étonnait depuis quelques jours, j'effectuai un demi-tour impeccable et, mettant cap à l'est, lançai mon engin en direction de Saint-Pierre et de la route d'Audrieu.

L'église au toit éventré, la ferme du carrefour où était mort Sweeney Todd, la montée vers le point 103 défilèrent comme un décor sur toile planté au bord de la route. Sans la moindre hésitation, de mémoire, j'engageai ensuite la moto sur le sentier indiqué par le séminariste. Il s'enfonçait à travers champs.

Le soir tombait lentement sur la Normandie, éclaboussant de pourpre le sommet des feuillages et allongeant l'ombre des haies entre lesquelles je me faufilais. À bas régime, le moteur de l'Ariel moulinait avec douceur et discrétion. La visibilité baissait sous la nacre du ciel. Dans l'une des fontes traînait une torche électrique. J'avais vérifié la pile avant de partir.

Point ne fut besoin de lampe, toutefois, pour découvrir la première tombe. En fait, même pourvu de son cache d'occultation, le phare avait suffi, d'autant mieux que, depuis quelques secondes, le soleil agonisant lui donnait un ultime coup de pouce. La blancheur de la croix se teintait de rose au contact des derniers rayons. Les jambes molles, je descendis de ma bécane. Par précaution, ou pour reculer l'instant de vérité, je fouillai les sacoches de la moto et m'équipai de la torche, dont je testai le fonctionnement. J'avais posé le bon choix, car ma propre ombre projetée par le contre-jour occultait la croix. Mais l'irrésolution m'accablait soudain. Pourtant, tout au fond de mon être, une petite voix me soufflait que le scénariste inconnu aux commandes de cette histoire ne renoncerait pas si vite à son suspense.

Intuition correcte. Au bout de deux pas, je me trouvai devant la dernière – ou plutôt l'avant-dernière, c'était probable – demeure du lieutenant Peter Pepler, affecté à l'escadron B des Sherwood Rangers, également tué le 9 juin 1944. Keith Douglas, lui, commandait en second l'escadron A, ce qui me laissait le mince espoir de rater un rendez-vous d'office posthume. La nature alentour n'en laissait rien deviner, mais il avait pas mal plu dans le secteur, car l'inscription peinte bavait. Elle était succincte.

Le vers du capitaine convenait au lieutenant.

Simplify me when I am dead...

Selon le schéma de Lenormand, la deuxième tombe se situait à plus de cent mètres de la première. Assez loin pour remonter en selle et parcourir la distance sans pousser la lourde Ariel, que je me refusais à laisser derrière moi au risque de m'égarer dans l'obscurité croissante des taillis. Le pinceau bleu du phare sculptait le mur végétal. Assez vite, j'estimai être parvenu dans l'immédiate proximité de la tombe, si elle existait toujours. La moto garée sur sa béquille, armé de ma lampe torche, j'entamai une inspection méthodique de ce qui ressemblait à un sous-bois.

La torche était inutile. Du coin de l'œil, vers la gauche, j'aperçus un brasillement mobile de minuscules points lumineux, silencieux et d'une lenteur presque solennelle. Je baissai la lampe et, d'un pas résolu autant que mesuré, me dirigeai vers les signes que m'envoyait ce coin de haie mangé d'ombre. J'avais deviné la nature de ce ballet aérien et phosphorescent.

Par dizaines, des lucioles dansaient dans l'air tiède. Leurs évolutions gracieuses auréolaient une croix claire, que le rayon de ma torche découpa contre le fond sombre de la végétation. Mon cœur s'emballa. Je pouvais encore m'être trompé. Si tel était le cas, alors une rencontre avec le poète, au-delà du temps et de la mort, demeurait possible en dépit de tout.

Mais le scénariste inconnu avait pris sa décision. Je ne savais si elle allait, oui ou non, dans le sens de ce que j'avais, l'espace d'un instant privilégié, espéré ou redouté. La lumière froide de ma torche glissa sur l'inscription calligraphiée au pinceau.

Capt. K. C. Douglas, Sherwood Rangers, A Sq., 9.6.1944.

Fût-ce sous une légende provisoire, conditionnée par la surface exiguë de la croix, le révérend Skinner avait *simplifié* le personnage. Il reviendrait aux biographes de le compléter.

Peut-être l'aumônier avait-il lu les poèmes du capitaine ?

C'en était donc fini du rêve fou d'une rencontre.

Non, on n'échappait pas aux verdicts de son destin.

Ni lui. Ni moi. Ni personne.

La preuve en était faite. Mes tentatives maladroites de détours ou de raccourcis n'avaient rien changé à l'ordre du monde. Tout, ou presque, rentrait dans un genre de normalité. Le reste n'était affaire que de détail.

Mon aventure – ou mon rêve – procédait d'une confusion mineure, négligeable au regard de l'univers.

La nuit tombait sur la campagne. Dans un baroud d'honneur, le soleil ensanglantait au ciel quelques longs cirrus. Invisible, la lune préparait son entrée dans les coulisses du firmament.

La journée avait été longue. L'émotion m'avait achevé.

J'éteignis la torche et m'allongeai sur le dos, devant la tombe, les yeux braqués vers les hauteurs. Cette deuxième rencontre avec le poète, au pied d'une sépulture différente, me bouleversait l'âme. Au loin, vers le sud, une confuse canonnade grondait, ou peut-être l'écho d'un bombardement.

Deux vers me traversèrent l'esprit.

Incessantly, the flickering gunnery rumbles,
Far off, like a dull rumour of some other war[1].

Mais ceux-là étaient d'un autre poète.

Là-bas, la guerre continuait. Je la rejoindrais demain.

Ma décision était prise. Je passerais la nuit ici, à la belle étoile. L'expression me tira un sourire, car elles étaient innombrables et pas forcément jolies.

Le voisinage, lui, n'avait absolument rien de morbide.

Au contraire, même.

Nier la mort, c'était nier la vie.

Les lucioles s'en fichaient bien. De telles considérations leur étaient étrangères. Elles dansaient toujours dans la nuit d'août, pour moi, pour lui ou pour leur propre

1. « Incessante, incertaine, la canonnade gronde, / Très loin, telle la rumeur sourde d'une autre guerre » (Wilfred Owen).

plaisir. Je ne me lassais pas d'observer les figures qu'elles traçaient. Mais la fatigue me fermait les yeux. Et, douillettement roulé dans une couverture, je m'abîmai au fond d'un sommeil pour une fois sans rêve.

8
Vers Deauville

Lorsque j'ouvris les yeux, une poignée d'étoiles s'attardait encore dans le ciel blême. Sauf erreur de ma part, l'aube naissante était celle du 22 août. Mû par un réflexe d'un autre temps, je remontai ma manche gauche, découvris mon poignet et, d'abord étonné, constatai l'absence de montre. Il n'y avait pourtant là rien de neuf. Si Frédéric Dutrieux avait possédé une toquante, j'avais dû la perdre au combat de Sallenelles. Un rose très délayé montait à l'orient, détourait en noir les frondaisons à mesure qu'il repoussait la nuit. Il devait être six heures du matin.

Coucher sur la dure ne me valait rien. Les courbatures m'accablaient. En outre, j'avais dû adopter une mauvaise position pour la nuit car le genou gauche – qui m'avait fichu la paix depuis ce que j'appelais, faute de mieux, le *grand saut* – me lancinait à nouveau. Mais quelques flexions me permirent d'éliminer ce souvenir d'une époque évanouie dans un avenir pas même fabuleux, dont je ne savais plus que penser.

Pour confirmation, mon premier regard vraiment lucide chercha la croix. Elle était toujours bien là. Mon poète n'avait pas profité des mystères de la nuit pour déménager à la cloche de bois. Sa proximité, pourtant physique, demeurait parfaitement abstraite, preuve s'il en fallait que la mort éloignait davantage que la plus vertigineuse distance. Celle qui nous séparait – quelque chose comme à peine un mètre de terre et d'humus –, le verbe seul pouvait désormais la réduire sinon l'annuler. Tandis que, là-dessous, la dissolution faisait déjà son œuvre, la vie continuait de battre sous les mètres et la musique de vers bien différents.

Là-haut, les dernières étoiles clignotaient telles des chandelles fatiguées, au bord de l'extinction. Elles ne tarderaient pas à tirer leur révérence. Le jour les mouchait une par une.

J'avais dormi la tête contre le pneu arrière de la moto. D'une main malhabile, sans me lever, je fouillai la fonte au-dessus de moi, à l'aveuglette. J'en sortis le mince volume d'*Augury*. On y voyait déjà assez clair pour choisir la bonne page sans le secours d'aucune lampe. C'était tant mieux, car je tenais à demeurer discret. Rien de plus voyant qu'un feu isolé dans la campagne au petit matin. D'un point de vue militaire, ma solitude du moment péchait par défaut de justification. En plein jour et en mouvement, je récupérerais ma couverture d'estafette en mission. Bientôt, il serait temps de partir. À mi-voix, comme au chevet d'un être cher, je lus alors les trois premiers vers de « Stars » :

The stars still marching in extended order
move out of nowhere into nowhere. Look, they are
[halted
on a vast field tonight, true no man's land[1].

1. « Toujours marchant en tirailleurs, les étoiles / sortent de nulle part pour aller nulle part. Regarde, elles font halte / cette nuit sur une vaste prairie, un vrai no man's land. »

Je m'arrêtai là. En réalité, n'étais-je pas déjà mort, moi aussi ? Comme nombre de ces étoiles qui, en ce moment précis, s'éteignaient au fond du ciel dans l'indifférence générale et pour toujours ? Peut-être errais-je au sein d'un cortège d'ombres à la fois étrangères et familières, entrevues à la faveur de ce rêve qu'avait tant craint Hamlet, et tout cela par le jeu pervers d'une mémoire obstinée, dans le passé revisité d'un autre que moi ?

Mon regard quitta la page pour sonder le firmament. Très vite, une sorte de vertige à l'envers me fit baisser les yeux.

Écrit en 1939, « Stars » passait pour une œuvre de jeunesse. Mais que voulait dire encore *jeunesse* lorsqu'un artiste mourait à vingt-quatre ans ? Les poètes sont des voyants. Cette pièce à l'imagerie martiale, Keith Douglas l'avait composée bien avant son engagement dans l'armée de Sa Majesté. Comme s'il avait toujours su qu'il finirait là. La prémonition de sa propre mort était venue plus tard, indéracinable, obsédante, tranquille.

Qu'en était-il de la mienne ?

Car il n'était plus temps de me voiler la face ni d'enfoncer la tête dans le sable. Ma fin était proche. Elle était inscrite en blanc sur les pages d'un carnet toilé. Sans le savoir, j'en avais glané quelques bribes incertaines dans les confidences peu concluantes de mon grand-père – ou de mon frère, allez savoir ?

J'avais donc un destin mais, à la différence de presque tous les autres mortels, je pouvais d'ores et déjà dessiner en pointillé quelques éléments isolés de son architecture. Dès lors, cette connaissance constituait-elle un atout ? Et si tel était le cas, saurais-je m'en servir à l'avantage de Frédéric Dutrieux ?

Quelle coda conclurait cette partition ?

Une idée me vint. Déboutonnant le col de ma vareuse, je tirai sur la chaînette et, après les avoir posées au creux de ma paume, examinai les deux plaques d'identité en fibre compressée, l'octogonale verte et la circulaire rouge. Le matricule, le nom de famille et même la mention RC – *Roman Catholic* – y étaient correctement estampés. Je savais toutefois qu'elles ne survivraient jamais à quarante ans d'inhumation ou d'immersion, ni à un centième de seconde de dispersion par explosif. Mais une résistance m'intrigua. Je vis alors qu'une deuxième chaînette était emberlificotée dans la première. Au bout de celle-là, je découvris un petit médaillon de saint Christophe portant l'Enfant Jésus. Mes nom et prénom étaient gravés sur le revers, sous la formule dédiée au patron des voyageurs : *Saint Christopher Pray for Us.* C'était la première fois que je voyais ce colifichet, sans doute acheté ou reçu à l'occasion d'une permission, quelque part entre Tenby, Hereford ou Londres. Je ne me savais pas à ce point superstitieux. Mais si les tankistes l'étaient, pourquoi pas les motocyclistes ? D'ailleurs c'était peut-être un cadeau du *Loving Little Squirrel.* Sans compter que, dans mon autre vie, je ne me séparais jamais de ma médaille de baptême, où un Jésus plus mûr portait déjà la barbe.

Le soleil s'extrayait pour de bon de son lit de nuages. L'horizon se teintait d'azur, sans excès. Septembre viendrait vite. Dans l'immédiat, une éreintante journée de route m'attendait. À vrai dire, j'ignorais si je réussirais à rattraper mon unité, mais j'avais l'obligation d'essayer. Je repliai ma couverture, la coinçai dans une des deux sacoches et reboutonnai mon *battle-dress.* Une impatience paradoxale me gagnait. Le temps d'avaler trois biscuits et de vider ma gourde, la luminosité s'avéra parfaite pour rouler sans phare. Dès que j'aurais rejoint la route d'Audrieu, ma voie serait tracée. J'accomplirais le trajet de retour en sens exactement inverse de l'aller et, parvenu à Amfreville, mettrais le cap vers Dozulé, aux trousses de l'escadron.

Mais la tentation fut trop forte. Avant de replier la béquille de l'Ariel, je sortis le crayon de ma poche et revins à la tombe. Accroupi face à la croix, j'y inscrivis, sur la branche droite, la légende que Josephine Castellain Douglas avait demandée pour la pierre de son fils au cimetière de Tilly : *Poet, Artist.* Pour ajouter la référence aux Philippiens, IV, 8, je manquais de mémoire, de place et surtout de sympathie envers saint Paul[1].

Ce serait désormais aux biographes de jouer, de compléter les manques. J'avais lu le seul d'entre eux qui, jusqu'ici, s'était attelé à la tâche. Pour une information de première main, ce fin lettré n'aurait jamais la chance dont je bénéficiais. Jamais je ne pourrais lui communiquer les précieux détails qu'il m'était donné, en ce moment même, de récolter. Quant à mon inscription, elle s'effacerait vite. N'en subsisterait que la trace en creux sur la surface lisse, car j'avais appuyé mon trait de crayon. C'était idiot. La stèle définitive une fois érigée à Tilly-sur-Seulles, cette croix devenue inutile terminerait sa carrière en bois à brûler. D'un côté, c'était rassurant. Car en agissant de la sorte, je ne déplaçais donc aucune mallette sous la table aux cartes de la destinée.

---

1. L'épitaphe figurant au bas de la stèle de K.D. au cimetière de Tilly-sur-Seulles est *: Phil. IV, 8. « These things » he loved. He died in their defence. Soit : Phil. IV, 8. Il aimait « ces choses ». Il est mort pour les défendre.* Chez saint Paul, « *these things* » correspondent, dans la Lettre aux Philippiens à « tout ce qui est noble, juste, pur, digne d'être aimé, d'être honoré, ce qui s'appelle vertu, ce qui mérite l'éloge, tout cela [...] » (traduction TOB).

Je n'avais plus rien à faire ici. En guise d'adieu, je faillis saluer mais me souvins à temps que le capitaine Douglas n'avait été friand ni de discipline ni de décorum militaires, bien au contraire. Je coiffai donc mon casque, ajustai mes lunettes et, sans me retourner, enfourchai la moto, qui démarra au quart de tour. Cinq minutes plus tard, je roulais pleins gaz sur la route d'Audrieu.

Le trafic avait augmenté en densité. La fermeture de la poche de Falaise provoquait une inflexion vers l'est de l'axe d'attaque principal. La ruée vers la Seine avait commencé. Malgré l'engorgement, je pus sortir de Caen aux alentours de midi. Les Royal Engineers y avaient abattu un boulot titanesque et, faute de rebâtir quoi que ce fût sauf les ponts, avaient du moins réussi à libérer les principales artères de la ville. Parmi les vestiges dont certains fumaient encore, on pouvait voir déambuler quelques civils. Presque tous affichaient des mines de déterrés – ce qui, pour beaucoup d'entre eux, correspondait à une stricte réalité. Notre présence leur inspirait une joie très mesurée. La liberté retrouvée n'avait encore aucun toit à leur offrir.

Dans la foulée, après avoir repassé le canal de l'Orne sur le Pegasus puis la rivière elle-même sur le Horsa Bridge, je m'épargnai la remontée vers Amfreville et, pour atteindre Dozulé, suivis un itinéraire plus direct, par Bavent et Goustranville. Depuis la sortie de Caen, la circulation, principalement constituée de camions chargés de matériel, paraissait plus fluide et s'avéra même, de loin en loin, propice à quelques inespérées pointes de vitesse. Le paysage inchangé n'offrait aucune distraction véritable. Mon inquiétude y entrait pour beaucoup. Poussé par une volonté têtue, je voulais à toute force me vider l'esprit, en exclure les spéculations stériles qui l'assiégeaient. C'était à peine si je prêtais attention au décor à travers lequel je roulais. Seul importait le village ou le hameau suivant mentionné sur ma carte Michelin.

Cette litanie de toponymes rythmait ma course ou ma fuite vers le but avoué : rejoindre mon escadron. Découvrir comment s'achevait le périple normand de Frédéric Dutrieux, cela pouvait encore attendre. De toute façon, chaque tour de roue me rapprochait de cette échéance. En moi montait une tension qu'aiguisait encore un estomac vide. Je n'avais plus rien avalé depuis mon départ au point du jour, à peine lesté de quelques biscuits.

À Dozulé, je fis halte auprès d'une roulante du RASC[1] dont, selon les copains de l'état-major, les cuistots n'étaient jamais trop regardants sur l'appartenance de leurs clients à telle ou telle unité. Ils servaient ce jour-là des portions royales de bœuf bouilli et de Yorkshire pudding. Ce copieux repas me dénoua l'estomac et, dans une certaine mesure, me changea les idées.

Je repris la route avec davantage de curiosité que d'appréhension. Après tout, n'arriverait à Frédéric Dutrieux que ce qui devait lui arriver, point final. Correction : que ce qui lui était *déjà* arrivé. En bonne logique, je n'y pouvais donc rien changer. Sauf que cette fois, le sergent possédait peut-être un coup d'avance sur le destin. Autrement dit, sans pour autant commettre une véritable tricherie, il avait pu entrevoir quelques cartes dans le jeu de l'adversaire. Restaient à découvrir les autres. Sachant ce qu'il savait déjà, de quelle liberté d'action disposait-il ? Mais dans une configuration aussi absurde, le libre arbitre existait-il ?

1. Royal Army Service Corps.

Je repensai au carnet toilé. Il occupait toujours ma poche de poitrine droite. Brusquement, en moi, une lumière se fit. Non, les deux lignes manquantes ne constituaient pas l'incipit d'un poème inachevé. Du moins si le sens du mot *poème* tenait à distance les cris spontanés, bruts de décoffrage, proférés dans l'urgence hors de toute préoccupation esthétique.

Le destin de Frédéric Dutrieux était certes écrit. Mais sa disparition – ou la mienne – ne relevait d'aucune fatalité. Là résidait peut-être le sens ultime de cet absurde dérapage temporel.

Sans doute, comme l'avait dit Cocteau, le vrai tombeau des morts c'était le cœur des vivants. Ainsi, Frédéric Dutrieux continuerait à vivre dans le cœur déjà fatigué de son frère, de son neveu après lui, auquel succéderait enfin son lointain petit-neveu.

Cela pouvait encore changer.

J'arrêtai la moto en bord de route, tirai le carnet de ma poche, l'ouvris et tournai les pages d'un doigt nerveux. Sous la dernière note, j'inscrivis alors au crayon, d'une écriture qu'il ne me sembla pas reconnaître, ces mots qui me brûlaient les lèvres :

Si un jour tu peux lire ce qui figure ici, sache qu'à jamais
Quelque chose au-delà de nos vies et du temps nous a
[réunis.

Ce message, qui ressemblait à l'écho d'un autre mais n'en était en vérité pas un, quelqu'un le lirait-il un jour ?

J'avais une idée sur la question.

Mais le temps des questions était révolu.

Celui de l'action était venu.

Je refermai le carnet et, par précaution, le glissai dans la fonte droite de la moto. Ensuite, je dépliai la carte Michelin et, mon index descendant le cours sinueux de la Touques, cherchai le patelin au nom de saint dont mon grand-père m'avait parlé. Il y avait d'abord Saint-Martin-aux-Chartrains, mais l'intitulé semblait trop long et, en outre, le bourg en question se trouvait sur la rive droite de la rivière, où tout donnait à penser que Frédéric Dutrieux n'avait jamais posé ni un pied ni un pneu. Quant à Saint-Étienne-la-Thillaye, en face, le centre de la commune était trop éloigné de la Touques pour correspondre à un lieu envisageable. Mon doigt suivit alors les méandres de la rivière vers le nord, où Deauville et Trouville encadraient sa rencontre avec l'océan.

J'avais failli rater le nom, trop rapproché de la conurbation dense qui enserrait l'embouchure. Les trois syllabes résonnèrent dans ma mémoire, portées par la voix profonde, à jamais tue de mon grand-père. Saint-Arnoult. C'était le lieu. Là devait s'achever, autant qu'on sût, le parcours de Frédéric.

Dès que j'eus redémarré, je me rendis compte que, faute de prêter attention aux endroits par où je venais de passer, je m'étais complètement égaré. La zone des combats était proche. En conséquence, les panneaux directionnels, arrachés ou détruits, devenaient rares dans un réseau de voies secondaires apparemment irréconciliable avec la vieille carte routière dont je disposais. Déjà défaillant, mon piètre sens de l'orientation m'abandonnait. Une seule chose était sûre : pour rallier la commune de Saint-Arnoult, il fallait prendre la direction du nord-est. Or j'étais sans boussole et une étamine de nuages tamisait le ciel. Bref, je tournais peut-être en rond entre Vauville et Tourgéville.

Pour me renseigner, je comptais sur une rencontre. M'adresser aux fantassins qui, à pied ou en camion, rejoignaient des positions mouvantes, ne pouvait m'être fort utile. En revanche, les officiers disposaient de cartes plus précises que la mienne et, d'ordinaire, savaient d'où ils partaient et où ils allaient. Quant aux civils, on en voyait peu. Pour eux, les obus qui matraquaient leur biotope avaient changé de nationalité mais conservé les mêmes effets. En attendant, je continuai donc plein est, dans l'idée assez vague de rejoindre la Touques. Partant de là, j'allais pouvoir retrouver mon chemin, descendre le cours de la rivière jusqu'à Deauville où j'étais presque sûr de retrouver, à défaut de mon escadron, l'infanterie motorisée du First Belgian Group.

En roulant ainsi à l'aventure par les routes asphaltées et les chemins de terre, un risque existait de franchir les lignes par inadvertance et de faire de très mauvaises rencontres. Le terme du voyage prendrait peut-être la forme d'une embuscade ou d'un combat inégal contre des isolés. Telle n'était pourtant pas ma volonté. Dût-il pour cela faire mentir sa réputation naissante, Frédéric Dutrieux se voulait un homme réfléchi, ennemi des actions inconsidérées comme des exploits pour la galerie.

Quelle galerie, d'ailleurs ?

Ce fut avec un soulagement non feint qu'aux abords d'un carrefour, sous les ombrages d'un bosquet de charmes, je repérai un groupe d'hommes en tenues caractéristiques. Les casques sans bord, les blouses camouflées à pattes d'entrejambe et les *Sten guns* annonçaient un stick de parachutistes. Je dus revoir cette première impression quand, assis à l'écart sur un muret autour d'un fusil-mitrailleur, j'aperçus trois d'entre eux, coiffés certes de bérets lie-de-vin, mais portant dessus, épinglé sur une rondelle de tissu vert, le cornet de l'infanterie légère. Ceux-là n'étaient pas descendus du ciel suspendus à des corolles de soie. Ils avaient touché terre serrés comme des harengs dans des planeurs. Rien qu'à leur parler digne des ondes de la BBC, accents populaires compris, on pouvait reconnaître des Ox & Bucks[1] – selon toute vraisemblance, ceux-là mêmes qui, à l'aube du 6 juin, avaient pris intacts les Euston Bridges 1 et 2, qu'on n'appelait pas encore Pegasus et Horsa. Vu leurs rangs plutôt clairsemés, ils avaient dû payer le tarif maximum pour arriver jusqu'ici.

Ces durs à cuire allaient pouvoir éclairer ma lanterne. Tandis que, moteur au ralenti, j'approchais du groupe, un type sortit des fourrés, déplia sa haute carcasse. Les pattes d'épaule de son *denison smock* portaient, en mode discret, la couronne de major. J'étais donc tombé sur un poste de commandement. L'officier venait à ma rencontre. Je coupai le contact, démontai, mis la moto sur sa béquille et effectuai un impeccable salut, que le major me rendit en toute décontraction. Avec sa fine moustache et son long visage émacié, un brin chevalin, je me fis la réflexion qu'il ressemblait peu, voire pas du tout à Richard Todd, lequel jouait pourtant son rôle dans *Le Jour le plus long*. Le cinéma est une élégante escroquerie. On retient le nom de l'acteur, on oublie celui de l'homme. Aujourd'hui, j'avais droit à la version colorisée.

« Repos, sergent. Content de vous voir. »

1. Oxfordshire & Buckinghamshire Gliderborne Light Infantry.

Aussi clair que châtié, son anglais me rappelait le laboratoire de langues et les cours de prononciation, première année.

« Belge, je vois ? poursuivit-il. *By Jove*, c'est vous qui êtes en avance ou nous qui sommes en retard ? On nous annonçait une colonne blindée en soutien d'attaque. Pour le coup, ne vous vexez pas mais une moto, ça semble, disons, un peu léger ?

— Je cherche mon unité, *Sir*. C'est peut-être elle que vous attendez. Dans ce cas, si vous pouviez me dire où elle est censée se trouver, je vous en serais très reconnaissant... »

Le major haussa les sourcils, puis les épaules.

« Hélas, sergent, je n'en ai pas la moindre idée. Je commence à croire que nous l'avons ratée. Si tel est le cas, alors on peut supposer que vos compatriotes remontent vers Deauville. À l'heure qu'il est, le gros de la brigade belge doit déjà être en train de libérer la ville. Dans le cas contraire, j'imagine que votre cavalerie doit foncer bride abattue vers le pont de Saint-Arnoult...

— Saint-Arnoult ? Vous êtes sûr, *Sir* ?

— D'autant plus sûr, sergent, que ce fichu pont, ma compagnie est censée le prendre s'il existe encore. Quand on y réfléchit, pour nous, ça devient une vraie spécialité. Pas vrai, Harris ? »

Assis derrière nous sur le muret, un lieutenant rouquin hocha la tête et sourit. Avec un bel ensemble, les hommes l'imitèrent.

« Notez que si vos copains se chargent du job, reprit le major, nous n'aurions rien contre. Plutôt le contraire, je dirais. Sur leurs blindées, ils iront plus vite que nous, c'est évident. »

Le bon sens parlait par sa bouche. Chez les officiers de son rang, c'était tout sauf une obligation.

« Voulez-vous un quart de thé ? Il vient de passer. »

Je commençais à me plaire en leur compagnie. Mais le temps, je ne le savais que trop bien, m'était compté.

« Une autre fois, *Sir*. Par contre, si vous avez une carte plus précise que la mienne et si vous êtes en mesure de me situer... »

Le major se tourna vers le lieutenant.

« Harris, c'est votre rayon. Éclairez donc le sergent. »

Le rouquin se leva, ouvrit son porte-cartes, déplia un plan au cinquante millième hachuré de traits portés au crayon rouge. Son doigt suivit d'abord une courbe de niveau.

« Nous sommes ici, à ce carrefour exactement. »

À mon tour, par-dessus son épaule, j'étudiai la topographie du lieu et de ses environs.

« Donc, pour rejoindre Saint-Arnoult, je dois prendre vers le nord-est... Ou alors suivre la Touques ? »

Le lieutenant secoua la tête.

« Prenez plutôt la voie directe, sergent. La Touques tortille comme un serpentin et il y a des inondations des deux côtés.

— Surtout, intervint le major, des traînards de la division d'en face infestent encore cette rive-ci. Ceux qui n'ont pas traversé à la nage cherchent eux aussi un pont. Et croyez-moi, même s'ils courent vers la sortie, ils n'ont pas perdu le goût de se battre.

— J'en tiendrai compte, *Sir*. »

Ma situation se clarifiait. En prévision de leur bond vers Saint-Arnoult, les Ox & Bucks stationnaient à l'est de Tourgéville. Puisque j'avais perdu l'espoir de rattraper mon escadron, remonter vers Deauville, où ne tarderait pas à déboucher l'infanterie motorisée de la brigade si elle n'y était déjà, constituait l'option la plus praticable. En chemin, j'inventerais une histoire susceptible d'expliquer l'impossibilité dans laquelle je m'étais trouvé de rejoindre mon unité. Le statut de héros gagné à Sallenelles et les plausibles séquelles du traumatisme encouru m'y aideraient.

Pour autant, mieux vaudrait demeurer à bonne distance de la Touques et aborder Saint-Arnoult par son centre, laissant le pont à droite. Ensuite, j'atteindrais vite Deauville via l'hippodrome.

Mon plan de route arrêté, je pris congé des aéroportés. Ceux-ci, par la voix de leurs officiers, me souhaitèrent bon voyage.

« Jusque Bruxelles, si possible ! » ajouta le major.

L'échange de saluts se déroula sans raideur. Je lançai le moteur de l'Ariel et, au carrefour, pris la branche de gauche.

Au bout d'un quart d'heure, je longeai une batterie moyenne de la Royal Field Artillery en pleine action, signe que le front demeurait à distance de l'itinéraire choisi. Je comptais bien m'y tenir. Si le destin m'attendait, inutile de courir vers lui.

Pourtant, à nouveau, je finis par m'égarer à travers un labyrinthe de chemins qui, bientôt, se muèrent en sentiers. À de multiples reprises, il me fallut traverser à gué de vastes espaces inondés, d'une médiocre profondeur de flaque. Un treillage de petits rus, qui ne méritaient même pas le nom de ruisseaux, complétait ce dédale d'obstacles liquides et me faisait dévier de ma route. Plus loin, j'en vins à zigzaguer entre des mares qui, pas davantage, ne pouvaient revendiquer la qualité d'étangs. Quant aux militaires, amis comme ennemis, ils avaient disparu du paysage. Si l'on oubliait un instant la lumière vive de cette fin d'après-midi, les abords désolés de la Touques, toujours invisible derrière des rideaux d'arbres, devaient ressembler à ceux du Styx.

Et ce qui devait arriver arriva. Au sortir d'un bosquet, je tombai sur un méandre boueux de la rivière. Depuis la berge envasée, il m'était difficile d'en évaluer la profondeur. Le courant, par contre, trahissait la paresse de ses eaux. Malgré les discrètes vaguelettes qui plissaient sa surface, la rivière avait l'air de stagner dans un bras mort. Comment pouvait-on disparaître là-dedans ?

Pour rhétorique que fût la question, je jugeai néanmoins prudent de faire demi-tour et de retrouver vers Deauville une voie plus directe et plus carrossable. Soudain, le moteur s'emballa. La roue arrière patinait, je m'étais embourbé. Presque aussitôt, déséquilibrée, la moto versa sur le côté et s'enfonça dans un lit de gadoue. Je coupai le contact puis, sacrant et pestant, dégageai ma jambe gauche coincée sous le moteur brûlant.

Une douleur aiguë me vrilla le genou. Pourtant, c'était le mollet qui avait tout pris. Mais je n'eus guère le temps d'élucider ce petit mystère. Un sifflement me frôla l'oreille puis un tintement mat fit sonner mon casque. J'avais évité de peu le coup du lapin. Sous la force de l'impact, je m'étalai. Alors seulement, mon ouïe enregistra les détonations sèches, répétées.

On me tirait dessus. J'ignorais d'où venaient les coups. Probablement d'un MP 40. J'avais dégagé le fusil de mon havresac, chambré une cartouche et effectué un roulé-boulé.

Je les voyais, maintenant. Comme les Ox & Bucks, les quatre types portaient des vestes camouflées mais, contrairement à eux, ils ne me voulaient aucun bien. À mon tour, un genou en terre – ou plutôt dans l'eau –, je lâchai un premier coup. J'avais à peine visé, pressé la détente à l'instinct. Pourtant je vis le casque d'un des types s'envoler dans un nuage rose. Il partit en arrière avant de s'écrouler. Ma deuxième cartouche glissait déjà dans le canon. Venue de nulle part, une haine irrépressible monta en moi telle une lave brûlante. Mon deuxième coup se perdit dans la nature. Au même instant, un choc violent me déboîta l'épaule gauche et m'emporta. Je tombai sur le cul, puis sur le dos. Mais pour me faire lâcher mon fusil, il eût fallu un impact plus terrible encore. Je passai sur le ventre. Très vite, à force de tirer comme un enragé, je perdis le compte. Des dix cartouches que contenait mon chargeur, combien m'en restait-il ? Au bout de mon guidon, ils n'étaient plus que deux. J'en avais donc dégommé un de plus. Mais ces deux-là ne me lâchaient pas. Avec leurs pistolets-mitrailleurs et leurs longs chargeurs de réserve, ils disposaient d'une puissance de feu supérieure à la mienne.

Tant pis pour la moto. De toute façon, ils avaient dû la toucher au cours de l'échange, même si le réservoir s'était abstenu de flamber. Je décidai de décrocher. Une haie s'étirait vers la droite. Non, ils ne m'auraient pas. Je refusais jusqu'à l'idée.

Malgré ma douleur au genou, serrant les dents, je piquai un sprint vers l'abri que je m'étais choisi. Parvenu au bord d'un fossé, je bondis. Mon vol plané se prolongea comme si une main m'avait saisi. Je retombai sur le dos et fis la culbute.

La douleur m'arracha un long hurlement.

Les coups de feu avaient cessé. Mon épaule me faisait horriblement souffrir, la douleur irradiait mon bras. Plus bas, un liquide tiède me coulait sur le ventre. Étais-je en train de me pisser dessus ? Avant de tenter un premier point, je tâchai de situer mes adversaires encore vivants. Repoussant le casque sur ma nuque, je haussai le cou et jetai un coup d'œil rapide par-dessus un bouquet de graminées. Personne en vue. Je me baissai à nouveau, fis le gros dos, tâchai de reprendre haleine. Une atroce crampe me labourait l'abdomen. De ce côté-là, il se passait quelque chose d'anormal. Pourtant, serrant mon fusil à deux mains, je parvins à m'asseoir. Devant moi, à gauche comme à droite, rien ne bougeait, pas même une feuille dans les fourrés. Le vent était tombé. Le silence aussi. C'était à peine si le lointain battement des départs d'artillerie et des explosions qui tissaient l'habituelle trame sonore de la guerre parvenait à mes oreilles. Les Allemands avaient profité de l'accalmie pour mettre les voiles. La paire valide avait sans doute chargé sur son dos les deux que j'avais descendus. Noble parti qu'ils avaient pris là.

Épuisé, je me laissai choir sur le sol spongieux. Lâchant enfin mon fusil, j'explorai les plis de mon *battle-dress*. Ces salopards m'avaient esquinté l'épaule gauche. En tâtant le tissu des deux côtés de la manche, je pus deviner que la balle avait traversé. La plaie n'avait pas l'air de saigner trop abondamment. J'allais pourtant devoir bander ça au plus vite. Mon genou, lui, n'avait rien. Je comprenais d'autant moins la douleur que j'en ressentais. Mais quand ma main s'arrêta sur mon ventre, du côté gauche, juste au-dessus du ceinturon, je me sentis blêmir. La serge était chaude, poisseuse et trempée. D'un coup, j'eus l'impression qu'un trou gigantesque béait à la base de mon abdomen.

La panique s'empara de moi. Si je n'appliquais pas tout de suite un bandage compressif sur cette vilaine blessure, j'allais me vider de mon sang. Le paquet de pansements réglementaire était resté dans une fonte de la moto. Où l'avais-je laissée ?

Crevant de mal, je parvins à m'agenouiller, puis à me mettre debout. Mourir ici était absolument exclu. Je ne pouvais pas.

Je ne voulais pas.

Pour cela, je n'avais d'autre choix que marcher.

La peur me poussait, et le déni. Je n'étais plus qu'une douleur autonome, perchée sur deux jambes, vide de toute pensée.

Avancer, chercher des habitations, trouver du secours, rien d'autre ne comptait. Stupidement, j'avais passé la bretelle du fusil sur mon épaule valide, car je refusais de m'en séparer. J'avançais, j'avançais, tourmenté par la perspective de tourner de l'œil et de tomber là. Le sang coulait maintenant dans mon pantalon. Tout ça n'avait aucun sens. Seul le mal me tenait conscient et éveillé. Je refusais de fermer les yeux et de sombrer. Enfin, entre deux battements de cils, j'aperçus devant moi un plan d'eau. Ce n'était plus la Touques, mais une sorte de long bief courbe, ourlé de saules pleureurs. Le lieu semblait désert, aussi morne qu'un paysage vide de Chirico. Loin vers la gauche, premiers signes de vie humaine, apparurent des maisons à colombages.

J'avançais toujours.

L'instinct et un souvenir diffus me soufflaient de fuir l'eau et ses pièges mortels. Mais mon corps ne m'obéissait plus. Mes pas me menaient tout droit vers elle. Je butai contre une borne ou un bollard. La berge boueuse, oblique se déroba sous mes pieds. Je basculai en avant, la tête la première. La chute me sembla inexorable et extraordinairement longue.

Mes paupières se fermèrent. L'eau gicla en m'accueillant. Je m'y enfonçai tout entier. Un froid glacial me raidit le corps.

La douleur me quitta.

Puis tout devint noir, en moi et autour de moi.

9

Rappel

Là-haut, par-delà l'eau noire, dansaient lentement de fragiles lueurs vertes. Leur phosphorescence me rappelait des taches de soleil jouant à travers le feuillage assombri d'un bosquet. En moi, la peur avait disparu. Immobile, je demeurais flottant, suspendu, enfin réconcilié avec le monde et l'univers liquide qui m'accueillait au creux de son infini silence. Un état de béatitude apaisée gouvernait tout mon être. Le temps n'existait plus.

Aussi, lorsque je sentis, d'abord à peine perceptible puis de plus en plus forte, la poussée verticale d'une force étrangère me refouler vers la surface, tentai-je de résister à cette expulsion contre laquelle tout mon corps s'insurgeait. Mais la vigueur me faisait défaut. Impossible de freiner le mouvement. Tel un bouchon de liège, j'allais jaillir de ma rassurante obscurité, quitter à jamais le royaume d'ombres où j'avais pourtant élu domicile. Aimanté lui aussi, mon regard devançait l'ascension, quêtait la lumière en même temps qu'il la redoutait, laissait sous lui le noir profond des abîmes. De plus en plus proches, comme vues à travers la vitre empoussiérée d'une tabatière, les flammèches vertes se précisaient, tremblaient dans un ciel de moire.

Je suffoquais, maintenant. Une douleur oubliée, énorme, labourait mon corps engourdi. Dans un fracas assourdissant de sons retrouvés, mon crâne brisa une surface transparente, qui pouvait être de glace ou de verre. J'émergeai.

« Il bat des paupières, mon lieutenant ! »

Je sortais d'un monde atone. Ici régnait une chaleur douce et pourtant je grelottais. Les lueurs vertes s'étaient dissoutes dans une clarté presque aveuglante. Un doigt lâcha ma paupière ouverte. Je soulevai l'autre et distinguai un point lumineux, éblouissant, qui s'éteignit à son tour. C'était l'ampoule d'une lampe stylo. Autour d'elle, tout demeurait encore blanc et flou. Y compris la blouse du type qui tenait la lampe sous mon nez.

« Il nous reconnaît, vous croyez ? »

La réponse ne vint pas. Ou alors elle m'échappa.

Quant à ma propre voix, elle me sembla étrangère, comme issue d'une autre bouche que la mienne.

« Je suis où, là ? » balbutiai-je.

Ce timbre voilé, je ne le reconnaissais pas.

On mit du temps à me répondre. Peut-être ma voix n'avait-elle pas porté ? J'étais trop épuisé pour répéter ma question.

Ce fut inutile.

« À l'hôpital, monsieur Dutrieux. »

Un brasillement d'auréoles aveuglantes refluait vers le plafond d'une pièce que je devinais spacieuse, aérée. Trois individus s'y tenaient. Ils entouraient ce qui devait être mon lit. Celui qui m'avait répondu, l'homme à la blouse blanche, se redressa et recula. Sa voix m'était connue. De même celle du personnage vert olive, debout derrière lui, dont la main droite triturait un chiffon marron. Celui-là émit un petit rire.

« On ne voulait pas rater votre réveil. »

C'était comme si je tournais la molette d'ajustement d'une paire de jumelles. À mesure que j'accommodais, ma vision affinait les traits des trois personnages. À ma gauche, flottant dans une blouse vert pâle, un infirmier moustachu prenait ma tension. J'entendais le halètement rythmique de la poire en caoutchouc. De l'autre côté du lit, l'homme en blanc n'était autre que le lieutenant-médecin du Polygone. Sa blouse immaculée béait sur les boutons dorés de sa veste vert bouteille. Derrière lui se tenait un autre lieutenant de ma connaissance. Celui-là était aussi neuf que ses étoiles, à présent dorées comme les boutons du toubib. Vêtu de son habituel treillis, l'ex-adjudant Bertrand me dévisageait d'un air indubitablement réjoui. Un doute me saisit. Étais-je revenu à Bruinscheet ? Mais très vite, le souvenir fragmenté de mon arrivée en fanfare à l'hôpital militaire remonta du marais de ma mémoire. Il me renvoyait du bâtiment, à l'exclusion de toute autre, des images de couloirs et de plafonds. Cependant, les hautes baies qui invitaient dans cette chambre la lumière d'un bel après-midi n'entretenaient aucun rapport avec les petites fenêtres à guillotine de l'infirmerie, sans compter qu'elles offraient une vue imprenable sur des plantations de buis et de troènes. La pièce se situait au rez-de-chaussée de l'établissement.

« Vous êtes passé par le chas de l'aiguille, reprit le médecin. Les urgentistes de l'hôpital ont réussi à vous stabiliser. Il était moins une. À dix minutes près, nous vous perdions. Vous avez raté d'un cheveu de belles funérailles aux frais de la Nation. Ce sera pour une autre fois. En attendant, mes confrères ont jugé prudent de vous placer sous coma artificiel. Et sur ce point, je ne peux que leur donner entièrement raison… »

J'ouvris la bouche sur une question qui refusa de sortir. Le toubib continuait son rapport, dont les détails embouteillaient mon esprit encore à court de lucidité. Y surnageaient des termes médicaux aussi obscurs que *staphylocoques dorés* ou *myalgie*, et des notions plus directement assimilables, comme le fait que j'étais resté sous sédation pendant six jours entiers. Mon état s'était fort amélioré, mais les spécialistes craignaient une diminution au moins temporaire de ma capacité thoracique, laquelle se traduirait, à plus ou moins long terme, par une perte de souffle lors d'exercices physiques aussi banals que la montée d'un escalier ou la course le long d'un quai de gare pour attraper un train. À son humble avis, mon avenir dans l'armée était compromis : une réforme devenait possible, voire probable, sinon souhaitable.

La nouvelle me laissa indifférent. Autre chose m'inquiétait.

« Quel… jour sommes-nous ? »

Les mots sortaient avec difficulté. Parler m'essoufflait.

L'ex-adjudant Bertrand me répondit :

« Le 23 août, Dutrieux. »

Ses étoiles neuves luisaient. Du doigt, j'indiquai ma propre épaule et, pouce levé, lui adressai de muettes félicitations. Cela le fit sourire. Il déposa sur le lit son béret marron de fantassin.

« Je me demande si vous n'y êtes pas pour quelque chose. La promotion est tombée avec trois jours d'avance. Idem pour mon collègue, qui vous salue. Je dois aussi vous annoncer que le lieutenant Rakoczy nous a quittés. Je veux dire qu'il est parti pour l'Allemagne hier matin. Une petite caserne près du Rideau de fer. Pour sa deuxième étoile, je crois qu'il va devoir prendre patience. C'est peu cher payé, vu ce qui aurait pu lui arriver si vous… »

Il laissa le reste de sa phrase en suspens.

« N'attendez pourtant de lui aucun merci », conclut-il.

Le médecin eut un petit ricanement et raccrocha au pied du lit la feuille de soins qu'il consultait.

« Ce charmant jeune homme jouit de protections, dit-il. Mais elles ne suffisent pas toujours. C'est rassurant, quelque part. »

La porte de la chambre s'ouvrit. L'infirmier moustachu qui, entre-temps, avait rangé le tensiomètre et s'était éclipsé dans le couloir reparut, muni d'un téléphone dont le fil traînait à terre.

« On vous gâte, Dutrieux ! reprit le toubib. Puisque vous voilà sorti du cirage, vous pourrez même recevoir des appels. Pour en passer, ne rêvez pas. Vos parents ont insisté auprès de la hiérarchie. Votre mère, surtout. Vous les verrez ce soir. Pendant votre roupillon, toute la famille Dutrieux a défilé dans cette chambre. Ce n'était pas très indiqué, il y avait quand même un petit risque de contagion, mais impossible de les retenir à l'entrée… »

Mon cœur battit plus vite.

Cette fois, les mots fusèrent.

« Et ma fiancée ? »

Avaient-ils redouté cette question ? Le médecin et le lieutenant fraîchement promu échangèrent un regard entendu. Ils avaient dû tirer à la courte paille : Bertrand avait perdu.

« Vous demanderez à vos parents, dit-il. J'ai pu leur parler. Ils étaient, disons, assez remontés sur la question. »

J'avais déjà compris. Certes, Caroline avait tendance à tourner de l'œil quand elle voyait une goutte de sang. Et à l'en croire, les microbes comme les virus lui vouaient une haine toute personnelle. Le reste coulait de source. Je savais tout cela.

Pourtant, j'accusais le coup.

Désagréablement.

Elle m'écrirait, j'en étais sûr. De longues lettres pleines d'excuses et de serments, patiemment rédigées à la règle dans une écriture sage, et qui resteraient toutes sur ma table de nuit.

De façon étrange, dans la seconde qui suivit cette conjecture, la déception, pour cruelle qu'elle fût, se mua en consentement fataliste. Au fond de moi, je dus bien reconnaître que je n'étais pas surpris. Pas vraiment. Surtout, je croyais comprendre que la blessure infligée, certes bien réelle, concernait surtout mon amour-propre. Et c'était peut-être là le pire constat qu'il m'était donné de poser en ce moment précis.

Je m'étais trompé. J'avais donc mérité ce qui m'arrivait.

Pleurer sur mon sort, c'eût été céder à une sensiblerie de très mauvais goût, surtout en présence de tiers. J'en arrivais même à mettre en doute la sincérité, voire l'honnêteté d'une telle réaction. Pourtant, je sentais bien que mon menton tremblait. Il fallait me secouer, tuer dans l'œuf cette poussée de pitié complaisante et mal placée. Histoire de bouger, je voulus changer de position, retendre la couverture et caler mon dos contre les coussins. Mal m'en prit. Je pliai la jambe. Aussitôt, mon genou gauche se manifesta. Ma grimace n'échappa pas au médecin.

« Vos ligaments récupèrent bien, mais laissez-leur encore un peu de temps. En fait, ce repos complet tombe à pic… »

L'infirmier avait fini de brancher le téléphone. Il agitait un thermomètre pour en faire baisser le mercure. Une de ces disgracieuses chemises d'hôpital, ouverte à l'arrière, me tenait lieu de pyjama. Je découvris mon épaule gauche. Tandis que l'homme plantait le tube de verre sous mon aisselle, je vis que le médecin tiquait. Il fronça les sourcils et, à nouveau, se pencha sur moi.

« Tiens ? remarqua-t-il. Cette cicatrice ne figurait pas dans votre dossier médical. Plutôt vilaine, dites donc… »

Étonné, je jetai un coup d'œil à l'épaule en question. Une excroissance blanchâtre y dessinait une étoile de chair gibbeuse. C'était la première fois que je la voyais.

« Un accident de vélo, quand j'étais petit, inventai-je. Je me suis pris la pique d'une grille en fer forgé. »

Mon sens de l'improvisation m'avait sauvé. De quoi, je l'ignorais. Peut-être convaincu, il hocha la tête, regarda sa montre.

« Mais nous vous fatiguons, monsieur Dutrieux. Le lieutenant et moi-même allons prendre congé. Et surtout vous souhaiter un rétablissement, sinon rapide, du moins le plus complet possible. Pour cela, un seul traitement recommandé : le repos… »

Il attendit tout de même de connaître ma température, qui s'avéra des plus normale. Après quoi, il récupéra sur une chaise son calot vert bouteille tandis que le lieutenant Bertrand recoiffait son béret marron. Avec une solennité qui sentait bon le second degré, les deux officiers saluèrent.

« Je repasserai vous voir », précisa Bertrand.

L'infirmier leur ouvrit la porte avec déférence puis leur emboîta le pas dans le couloir. La porte se referma sans bruit.

Une fois seul, je fus enfin libre de craquer. Mais davantage que Caroline elle-même, je revis en pensée le paquet de photographies qu'il me resterait d'elle. Je contemplais déjà ma tristesse avec recul, en spectateur presque neutre, les sentiments anesthésiés. Mes yeux demeuraient secs. Il semblait bien que, chez moi, les glandes lacrymales étaient taries depuis longtemps.

J'en restais stupéfait.

Presque libéré.

Je cachai la cicatrice de mon épaule sous le tissu de la chemise. Tout à l'heure, si j'en trouvais l'audace et le courage, j'examinerais mon abdomen, en m'interdisant le moindre pari quant à ce que j'y trouverais.

Ce réveil extraordinaire m'avait épuisé. Je tournai la tête vers la fenêtre. Dehors, un radieux soleil d'après-midi aspergeait de ses rayons les arbustes taillés de la cour intérieure. Plus loin, un grand arbre jetait son ombre sur la façade crénelée d'un bâtiment annexe. Je songeai alors aux majestueux saules pleureurs qui trempaient leur chevelure verte dans l'eau stagnante d'un long bief courbe. Cette eau dont j'étais sorti.

Il n'en fallait pas davantage.

Ce fut pour moi une authentique illumination.

Là, dans cette chambre d'hôpital où flottaient des odeurs mêlées de camphre et d'éther, je venais de *comprendre*.

Peu importait si, oui ou non, *je* avait été *un autre*.

Cette émouvante absurdité, ce court-circuit, ce dérapage temporel, ce saut dans le passé, ou quel que pût être son nom...

Tout cela revêtait au moins un sens possible.

Et pouvait donner lieu à une conséquence.

Déjà, mon esprit s'échauffait, ma réflexion s'emballait.

Un pic de fièvre s'annonçait-il ?

À ce moment, un grincement ténu parvint à me distraire et à figer le cours survolté de mes pensées. Quelqu'un venait de pousser la porte et pénétrait dans la pièce. Le discret claquement de socques contre le carrelage excluait un retour de l'infirmier moustachu. Mon regard quitta la fenêtre. De fait, c'était une jeune collègue, voire sa supérieure, car sous la blouse ouverte, elle portait en sautoir sur son tee-shirt le grade de caporal.

« *Milicien Dutrieux, ja ?* »

L'infirmière devait être légèrement myope et trop coquette pour porter des lunettes sans nécessité impérieuse. Fixé sur la porte, un carton mentionnait sans doute mes grade et nom. Elle trimbalait un plateau de médicaments. Dans cette pharmacie, je reconnus parmi d'autres la boîte rouge d'anti-inflammatoires.

La lumière du soleil tomba sur son visage.

J'en eus le souffle coupé.

D'un coup, le noir et blanc original se parait de couleurs. Elle avait donc les yeux verts, irisés de subtiles touches marron. L'absence de maquillage rendait justice à sa peau claire et à l'ovale très pur de son visage. Surtout, ses cheveux châtain foncé, aux longues mèches lisses coupées à hauteur de col, n'avaient rien de commun avec l'imposant montage de boucles sculptées au fer à friser que la jeune femme arborait sur la photographie.

Cette photographie à jamais perdue.

Mon cœur battait à tout rompre. Toute pensée m'avait quitté. Toutes mes douleurs aussi. J'étais ébloui.

Elle avait déposé son plateau sur la table et, les poings aux hanches, me considérait d'un regard soupçonneux, avec aux lèvres un sourire à la fois sceptique et intrigué.

« *Heb je soms een geest gezien of wat*[1] ? »

Chez les pilules, les caporaux avaient de l'esprit. Et, accessoirement, une fort jolie voix de mezzo.

Déjà, je retrouvais une contenance.

Mais le petit nuage sur lequel je venais de monter sans m'en rendre compte me portait toujours. On y était ma foi fort bien.

Une seule question m'occupait l'esprit.

Sur un point, la mémoire me faisait défaut.

Comment disait-on encore *écureuil*, en néerlandais ?

Car son prénom à elle, je le saurais bientôt.

---

1. « Tu as vu un fantôme, ou quoi ? »

10

Boucler la boucle

L'armée belge a préféré me conserver dans ses rangs jusqu'au terme officiel de mon service militaire. Par la grâce d'une intervention demeurée obscure, mon dossier médical s'est trouvé enrichi de quelques lignes mentionnant une *pneumonie contractée suite à un refroidissement*. C'est du moins ce que m'a confié, sous le sceau du secret, le lieutenant-médecin du Polygone, quand je suis revenu à Bruinscheet chercher mes papiers de mutation. Par la même occasion, il a fait allusion au fait que son soutien m'était acquis, de même que celui des deux anciens adjudants du camp, si d'aventure je décidais de contester ce diagnostic biaisé, qu'il mettait sur le compte d'un grenouillage en haut lieu. Mais, à son grand étonnement, j'ai préféré tourner la page. Autant que ma santé physique le permet, j'ai décidé de faire comme si rien ne s'était passé. Pendant quelque temps encore, chaque fois que le choix se présentera, j'emprunterai l'ascenseur plutôt que l'escalier. On est solide, chez les Dutrieux.

Je suis donc arrivé à Cologne avec presque deux mois de retard, dans ce qu'on nomme au pays la *dixième province*[1], avec mon paquetage et la volonté bien arrêtée de me fondre dans la masse anonyme des conscrits. Surtout, que rien ne dépasse.

Le malentendu originel de mon incorporation comme simple soldat a très vite trouvé son explication. En qualité de linguiste, un poste m'était réservé dans la plus petite unité des Forces belges en Allemagne : le 2e peloton cartographique. Celui-ci compte en tout et pour tout trois militaires, à savoir un capitaine-commandant philosophe, un adjudant bibliophile et, tous les dix mois, un soldat milicien bilingue commis au poste de correcteur, le reste de l'effectif se composant de typographes civils et exclusivement allemands. Là-dedans, aucune place pour un sergent. Il faut aussi préciser qu'en temps de paix – ou de guerre froide –, le peloton fait office d'imprimerie et produit, pour toutes les unités stationnées en Allemagne, circulaires, formulaires, journaux d'unités, prospectus pour les cantines, livrets pour les fêtes régimentaires et quantité d'autres documents administratifs plus ou moins utiles, sans oublier les sacro-saints tampons appelés à autoriser toute littérature un peu sérieuse aux yeux des militaires. Le tout dans les deux langues nationales, ce qui explique l'impérieuse nécessité d'employer un universitaire pour veiller à la bonne tenue orthographique et grammaticale des chefs-d'œuvre produits, d'autant plus qu'ils sont composés par des typographes parlant

1. *Pour le lecteur français* : jusqu'en 1995 et la scission du Brabant, la Belgique ne comptait que neuf provinces. La zone dévolue aux Forces belges en Allemagne (FBA), effective de 1946 à 2003, obligeamment cédée par les Britanniques soucieux de réduire leurs effectifs sur place, constituait une vaste bande de territoire allant, grosso modo, d'Aix-la-Chapelle à Cassel.

aussi peu le français que le néerlandais. J'ai rapidement appris le métier. Sa principale difficulté réside en ceci qu'entre eux les imprimeurs parlent un dialecte *kölsch* qui me demeure impénétrable. Pour communiquer avec ces artistes de la linotype, je germanise mon néerlandais. Quand la bonne volonté est au rendez-vous, le procédé fonctionne à peu près.

Le bâtiment n'étant prévu que pour héberger un concierge, je loge dans une caserne du génie voisine, située elle aussi à proximité immédiate du Rhin. Selon la merveilleuse terminologie militaire, j'y demeure en *subsistance administrative*. Sauf la nuit, on ne m'y voit jamais qu'en uniforme, les écussons bleu roi du corps logistique me distinguant de la masse noire des géniaques et me garantissant la paix réservée aux hôtes de passage. Quand mon commandant a eu la bonne idée de m'offrir un galon de caporal – pardon, de *brigadier* puisque, me le rappelle l'adjudant, contrairement à la piétaille du génie, moi, *j'ai un cheval* –, les dernières possibilités de tracas mesquins se sont évanouies. Bref, j'y vis presque heureux, dans une atmosphère anachronique de grandes vacances. Après les heures de service, je vais lire *Un balcon en forêt* dans les bois qui entourent la caserne ou faire un énième petit tour sous les voûtes élancées de la cathédrale, où la belle statue de saint Christophe me lance chaque fois, j'en jurerais, des clins d'œil. Le travail de correcteur connaissant des périodes de creux, j'ai commencé à traduire au bureau, avec des fortunes diverses et l'aide de mes supérieurs passablement lettrés, quelques poèmes de Keith Douglas. D'après M. Beaurains, son ancien élève devenu flic y a renoncé, dès lors que ses propres traductions de Wilfred Owen se sont vendues comme des cages à lion. Donc, quand je ne corrige pas, je traduis. Et j'écris, aussi.

Avant même ma sortie de l'hôpital, j'ai chargé mon père d'une mission à la fois banale et mystérieuse. Il s'en est acquitté avec son efficacité et sa discrétion habituelles. J'ai donc très vite tenu entre mes mains la carte au vingt-cinq millième de l'Institut géographique national français couvrant la zone Deauville-Honfleur. Nous n'avons jamais été très bavards, lui et moi. Mais entre nous les silences n'ont rien de gênant. Peut-être en disent-ils même davantage que nos paroles, souvent anodines. Ce soir-là, sans impatience, j'ai attendu que mon père prenne le chemin du retour pour déplier la carte et l'étaler sur mon lit.

Il ne m'a pas fallu longtemps avant de trouver le lieu.

Sur le papier, cette pièce d'eau – à l'évidence un ancien bras de la Touques, coupé à ses deux extrémités par souci d'installer un quai ou de rectifier le cours de la rivière – porte le nom très parlant de *Rivière morte*. Elle forme la limite entre le sud de Deauville, côté hippodrome, et la commune de Saint-Arnoult.

Ce ne peut être que là.

Un plan a progressivement germé dans mon esprit. L'oisiveté forcée de mon séjour à l'hôpital, à peine rompue par les visites familiales, les séances de revalidation et, sous couvert de soins, les tête-à-tête de plus en plus longs, de plus en plus intimes avec Lutgard, *mijn liefhebbende kleine eekhoorn* – en sa présence, je n'ai jamais osé cette traduction prématurée de l'anglais[1] –, m'y aidaient.

---

1. Pour rappel : *Your Loving Little Squirrel* (« Ton petit écureuil qui t'aime »).

À Cologne, la gratuité du courrier et les loisirs autorisés par un service raisonnablement exigeant m'ont permis de donner à ce plan un début d'exécution. Comme de juste, les anciens de la brigade Piron possédaient leur amicale, d'autant plus active au sortir de la guerre que ses membres ne s'étaient pas toujours sentis fort appréciés des autres militaires belges, partis en captivité par respect des ordres reçus. Mon grand-père avait souvent correspondu avec ses membres et payé chaque année sa cotisation de sympathisant. Prendre contact avec leur secrétariat n'était donc pas bien compliqué. La personnalité de mon grand-oncle, dont le souvenir semblait demeurer vivace, a fait le reste.

Quand, à la faveur d'une permission, je suis entré dans ce même café bruxellois où j'avais bu une bière avec M. Beaurains, Focart et Bernier étaient déjà assis à une table, derrière deux pintes de pale-ale dont le goût devait leur rappeler quelques vieux souvenirs. J'ai eu du mal à les reconnaître. La photo des *joyeux voltigeurs du Condroz* avait disparu avec la moto, et je tâchais de retrouver, sous ces visages ridés, aux traits creusés par l'âge, ceux des jeunes hommes penchés sur moi à Sallenelles. En revanche, mon apparition a eu sur eux un effet presque dévastateur, surtout pour Focart qui souffre du cœur. Tous deux ont cru voir débarquer un fantôme dans ce café pénombreux, aux lumières assourdies. Ils ont mis du temps, une bonne dizaine de secondes sans doute, pour s'en remettre.

Nous n'avons pas tardé à sympathiser. Bientôt, j'ai su d'eux tout ce que je pouvais savoir. Ils s'en étaient sortis sans trop de dommages. Focart s'était battu jusqu'en

Allemagne. Bernier avait été blessé dans le Limbourg et en avait gardé une légère claudication. Ensuite, Focart avait poursuivi une carrière dans l'armée et, après avoir commandé des Shermans, des Pattons et enfin des Léopards, avait pris sa retraite avec le grade de major. Bernier, lui, avait fondé une entreprise de construction florissante qui, ces dernières années, règne sur le secteur de la maison clé sur porte et s'étend à l'international. Malgré des parcours très divergents, ils sont toujours restés en contact.

À la troisième bière, je leur ai servi mon mensonge. À savoir que, lors de mon voyage en Normandie, j'ai pu recueillir un témoignage négligé à l'époque, transmis par une vieille Deauvillaise à sa petite-fille. Selon cette jeune femme, aux alentours du 20 août 1944, son aïeule terrée dans une cave aurait vu par un soupirail un soldat en uniforme britannique tomber dans la Rivière morte. L'homme n'était jamais remonté à la surface. Sur son casque, il portait des lunettes de motocycliste. Ne sachant à qui s'adresser, elle n'avait pas insisté mais, à chaque promenade avec sa petite-fille le long du bras mort, elle rabâchait l'anecdote et marquait l'endroit d'un coup de canne.

Focart et Bernier ont avalé ma couleuvre avec appétit, sans relever les incohérences possibles de mon récit.

Surtout Bernier, dont l'un des copains du Rotary possède une entreprise de travaux publics spécialisée, entre autres, en pose de pieux Franki et dragages portuaires. Selon lui, avec l'appui de l'amicale et quelques démarches auprès des autorités locales, pour lesquelles le souvenir des libérateurs belges demeure porteur, une fouille ciblée s'avère envisageable à moindres frais.

Devant eux, j'ai fait silence sur les éléments que je ne peux logiquement connaître et qui, en cas de succès de notre démarche, pourraient s'avérer déterminants. Les plaques d'identité auront disparu ou seront illisibles, mais il restera le métal du casque, les pièces mécaniques du fusil et le lion belge du béret. Surtout, le médaillon en argent de saint Christophe, gravé au nom de Frédéric Dutrieux, fera toute la différence.

Quand nous nous sommes séparés, j'avais la certitude d'avoir passé le témoin aux bonnes personnes. Depuis lors, Focart, qui a conservé des contacts sur place, m'a envoyé à l'imprimerie quelques clichés pris sur les berges au sud de la Rivière morte. Du paquet, j'en ai retiré un. Ému, d'un crayon tremblant, j'ai tracé une croix correspondant, m'a-t-il semblé, à l'endroit précis de mon plongeon. Un des grands saules pleureurs fournit un repère fiable, car le fond du paysage a changé.

Il me reste à attendre.

La certitude est en moi.

Bientôt la boucle sera bouclée.

Mais j'ai d'autres motifs de satisfaction.

Vendredi prochain, Lutgard arrive pour un stage de deux semaines à l'hôpital militaire de Cologne, axé sur le traitement en première ligne des blessures de guerre. Jusqu'ici, nous ne pouvions nous voir qu'à l'occasion de permissions. Anversois bon teint lui aussi, mon commandant m'emmène chaque fois dans sa voiture et me dépose avec un clin d'œil non loin du Blauwe Gans, un café de la métropole où, longtemps, j'ai espéré croiser Hubert Lampo. La brune Lutgard m'y attend derrière un ballon de bière blonde et les *Complete Poems* que je lui ai offerts. Elle lève la tête et me sourit avec une moue de faux reproche qui pourrait vouloir dire qu'elle a failli attendre. Je me demande comment cette fine mouche a pu deviner que je la trouvais effroyablement sexy dans son bel uniforme de sortie, surtout avec les bottes de cuir noir – dont il me surprendrait que le port soit tout à fait réglementaire. Je dois être un individu très déchiffrable. Selon elle, cela lui permet d'aérer cette tenue certes élégante mais peu pratique qu'avant moi elle enfilait une à deux fois l'an pour quelque prise d'armes ou raout officiel. Par souci d'équité, je paie le pressing quand la jupe est trop visiblement froissée par mes soins et je rembourse avec plaisir les collants filés en cas d'empressement un peu trop vif de ma part. Au moins, la modique solde que je touche sert à autre chose que boire des bières à la cantine ou acheter des entrées au Wallraf-Richartz-Museum.

Ces semaines de formation vont lui permettre de boucler un cursus déjà bien avancé. Quand elle aura gagné ses chevrons de sergent, nous pourrons parler d'avenir. Si sa voie, toute militaire, est bel et bien tracée – au moins jusqu'au grade d'adjudant –, la mienne demeure encore incertaine. Le secteur de la traduction m'offrirait sans doute le débouché le moins problématique. Traduction commerciale ou juridique, s'entend. Car la poésie de Keith Douglas, c'est une tout autre affaire. Essentielle.

Je vais arrêter là. Dans quatre jours, Lutgard débarquera sur le quai de la *Hauptbahnhof*, à l'ombre de la cathédrale. C'est une jeune femme dynamique, toujours en mouvement, qui sait parfaitement ce qu'elle veut et davantage encore ce qu'elle ne veut pas. En pensée, je hume déjà le parfum anisé de ses cheveux ni courts ni longs. Elle n'oubliera pas, j'en suis sûr, de glisser dans sa valise cet élégant uniforme de sortie qui lui va si bien.

La Hulpe, 2022-2023

Postface d'Éric Faye

Hommage aux fantômes

Dans cette « fantaisie dramatique en trois tableaux » qu'est *La Nuit d'Ors*, Xavier Hanotte mettait en scène un « sapeur Smith » qui rendait visite au poète britannique Wilfred Owen, en novembre 1918, et n'était autre qu'un Charon venu le conduire dans l'autre monde. Le lieutenant Owen, tombé quelques heures plus tard à la bataille de la Sambre – une semaine avant l'armistice –, n'avait que vingt-cinq ans. Dans ce texte bref et prenant, Xavier Hanotte rendait hommage à l'un de ses fantômes, sa figure tutélaire principale, dont il est le passeur des poésies en français, et qui hante son œuvre depuis son tout premier roman, *Manière noire* (1995) : le héros du livre, l'inspecteur Barthélemy Dussert, n'est pas seulement policier mais aussi traducteur dudit poète.

Le chapitre inaugural du roman *Le Feu des Lucioles* n'est pas sans une certaine parenté avec *La Nuit d'Ors*. La figure tutélaire n'y est plus Owen, mais une manière d'alter ego durant la Seconde Guerre mondiale : Keith Douglas, autre poète britannique, dont l'art diffère certes de celui d'Owen mais qui écrivit lui aussi des poèmes de guerre et mourut sur le front, tué par un éclat de mortier trois jours après le débarquement en Normandie. Il n'avait que vingt-quatre ans. Nous voici, là aussi, dans les heures qui précèdent la mort du poète-soldat, à Tilly-sur-Seulles, et le lecteur l'accompagne jusque dans ses derniers instants.

« Est-ce ainsi que les hommes meurent, et leur parfum au loin demeure ? » chante Gérard Manset. Le parfum qui demeure d'Owen et de Douglas, c'est leur poésie, et ce parfum passe et repasse dans les pages du *Feu des Lucioles*, en citations égrenées ici et là. Autant *La Nuit d'Ors* faisait le pari d'une certaine brièveté, misant sur l'unité de lieu et de temps, autant *Le Feu des Lucioles* mobilise des moyens plus amples, ceux du roman, avec une diversité de situations et de personnages, et son auteur renonce à l'unité de lieu comme à celle de temps. *Le Feu des Lucioles* retient l'attention par sa construction, comme si plusieurs romans s'emboîtaient ou se superposaient sans se nuire, bien que de tons différents. C'est au moyen de cette audace architecturale et par le recours à un réalisme magique dont il est friand que Xavier Hanotte mène son lecteur par le bout du nez, d'une pirouette temporelle à une autre, entremêlant souvenirs personnels et remémorations historiques, multipliant les galeries secrètes entre les différentes strates de la narration. Il faut dire que notre écrivain a été à bonne école, ayant « fait ses gammes » en traduisant un écrivain belge néerlandophone, Hubert Lampo. On peut lire de lui en français, dans la traduction d'Hanotte, un roman mélancolique et beau, *Retour en Atlantide*, ainsi qu'un roman au réalisme magique plus immédiat encore, *La Venue de Joachim Stiller*, et un recueil de nouvelles de même teneur, *La Madone de Nedermunster*.

Xavier Hanotte a de la chance d'être belge. Il a baigné dans un imaginaire moins racorni que nous, Français, moins rationaliste, plus ouvert à des dimensions comme le réalisme magique ou le fantastique, illustré en Belgique par de nombreux représentants tels Johan Daisne, Jean Ray ou Franz Hellens, en plus d'Hubert Lampo, ou encore, au cinéma, par André Delvaux. Une phrase du *Feu des Lucioles*, entre autres, me paraît significative de l'usage fait par Hanotte du réalisme magique : « J'avais dû me tromper de porte, pénétrer en un lieu où je n'avais rien à faire. » Voilà le moment de bascule, de « court-circuit » dans le réel qui permet les glissements d'époque et d'identité nécessaires à la bonne marche du récit.

D'autres affinités électives, bien sûr, sont perceptibles ici et là dans le roman – par exemple avec certains auteurs tchèques comme Josef Škvorecký, l'auteur de *L'Escadron blindé*, ou le Jaroslav Hašek des *Aventures du brave soldat Chvéïk* –, dans les pages satiriques sur les mésaventures de l'alter ego idéaliste de l'auteur dans l'armée belge. Le roman est saupoudré de pincées d'humour – tchèque, ou *british* – comme pour atténuer, tempérer la tristesse des destins brisés d'Owen, de Douglas et du grand-oncle (et homonyme) du narrateur. Car de Barthélemy Dussert, l'inspecteur de police qui a trouvé un emploi dans nombre de romans de notre auteur, à l'étudiant Frédéric Dutrieux, les personnages du petit monde de Xavier Hanotte sont épris de poésie, et notamment de poèmes de guerre, de scènes de guerre. C'est à cela qu'on reconnaît la patte d'un écrivain : à ce qu'il revient sans cesse à ses obsessions – ici la mort des grands poètes fauchés par l'histoire tragique du XXe siècle. Mais, chez Hanotte, rien de tragique dans leur fin. Plutôt un sentiment de fatalité assumé. Dans son monde romanesque, qu'ils s'appellent Owen, Douglas ou Dutrieux, c'est ainsi que les hommes meurent, et que leur parfum au loin demeure.

Citations et bibliographie

Les fragments de Keith Douglas (1920-1944) sont tirés des *Complete Poems* (Faber, 1978). Les vers cités proviennent des poèmes suivants :

How easy it is to make a ghost.
« How to Kill », 1943

The stars are dead men in the sky
who will applaud the way you die.
« The Offensive II », 1942

It is not gunfire I hear, but a hunting horn.
« Aristocrats », 1943

Remember me when I am dead
and simplify me when I am dead.
« Simplify Me
When I'm Dead », 1941

for the little coin it will take
to buy the secret I shall not keep.
« Desert Flowers », 1943

Actors waiting in the wings of Europe
we already watch the lights on the stage.
« Actors Waiting in the Wings of Europe »,
1944

That day, he hit my tank with one
like the entry of a demon...
« Vergissmeinnicht », 1943

Tonight the white dresses and the jasmin scent
in the streets. I in another place
see the white dresses glimmer like moths...
« Dead Men », 1943

Here I am a stranger clothed
in the separative glass cloak
of strangeness...
« Syria », 1941

Time's wrong-way telescope will show
a minute man ten years hence
and by distance simplified.
Through that lens see if I seem
substance or nothing : of the world
deserving mention or charitable oblivion...
« Simplify Me When I'm Dead », 1941

For as often as not we meet
in dreams our own dishevelled ghosts ;
and opposite, the modest hosts
of our ambition stare them out.
« Negative Information », 1941

The stars still marching in extended order
move out of nowhere into nowhere. Look, they are
[halted
on a vast field tonight, true no man's land.
« Stars », 1939

Le fragment de Wilfred Owen (1893-1918) est tiré des *Complete Poems & Fragments* (Chatto & Windus – The Hogarth Press – Oxford University Press, éd. 1963). Les vers cités proviennent du poème suivant :

Incessantly, the flickering gunnery rumbles,
Far off, like a dull rumour of some other war.
« Exposure », 1918

*

Pour les lecteurs curieux, trois poèmes de Keith Douglas (« How to Kill », « Vergissmeinnicht », « Simplify Me When I'm Dead ») figurent dans l'*Anthologie bilingue de la poésie anglaise* (Gallimard, Bibliothèque de la Pléiade, 2005) dans des traductions françaises de G. Morgan et P. Bensimon.

Pour les lecteurs maîtrisant l'anglais, outre les *Complete Poems* mentionnés plus haut, Keith Douglas a laissé une passionnante narration de sa campagne africaine, *Alamein to Zem Zem*, illustrée par ses soins (Poetry London, 1946, rééd. Faber, 2008). De même, sa correspondance, augmentée de trois nouvelles et autres textes brefs, a été publiée sous le titre *The Letters* (Carcanet, 2000), dans une édition de Desmond Graham.

Frédéric Dutrieux a rédigé son mémoire vers le milieu des années 1980. Il n'a donc pu connaître que la biographie donnée par Desmond Graham, *Keith Douglas, 1920-1944. A Biography* (Oxford University Press, 1974, rééd. Faber, 2009), qui fait toujours autorité, ainsi que la monographie de William Scammell, *Keith Douglas. A Study* (Faber, 1988), plus particulièrement consacrée à une analyse générale de l'œuvre. Depuis lors, Richard Burton a publié une nouvelle et intéressante biographie, *Simplify Me. The Life of Keith Douglas* (Infinite Ideas, 2020). De son côté, le journal de guerre de Stanley Christopherson, supérieur direct de Keith Douglas, *An Englishman at War* (Bantam, 2014), édité par James Holland, jette sur la personne du poète un éclairage personnel et contemporain. Le même James Holland, dans *Brothers in Arms* (Bantam, 2021), retrace avec une grande richesse de détails la chevauchée des Sherwood Rangers depuis la Normandie jusqu'à l'Allemagne.

Comme indiqué, Keith Douglas repose en Normandie, au Tilly-sur-Seulles War Cemetery, à 21 kilomètres de Caen, parcelle I, rangée E, tombe n° 2.

Quant au lecteur intéressé par l'histoire de la brigade Piron, il lira avec profit le récit de Jacques Wanty, *Combattre avec la brigade Piron* (J.-M. Collet, 1985), et la précieuse somme rassemblée par Hugues Wenkin, *Les Moutons noirs de Piron* (Weyrich, 2017). Un excellent documentaire télévisé, *La Brigade Piron, le pont de l'union*

(52'), réalisé en 2020 par Vincent Pouchain et produit par ADLTV, Triangle 7, la RTBF et FR3 Normandie, retrace le parcours du *First Belgian Group* à travers la Côte Fleurie et le Pays d'Auge.

Table

DU MÊME AUTEUR

AUX ÉDITIONS BELFOND

Du vent, roman, 2016
Des feux fragiles dans la nuit qui vient, roman, 2010
prix Félix-Denayer
Le Couteau de Jenůfa, roman, 2008
L'Architecte du désastre, nouvelles, 2005
Ours toujours, roman, 2005
Les Lieux communs, roman, 2002, réédition Pocket nº 11937, Espace Nord nº 317
prix Charles-Plisnier
Derrière la colline, roman, 2000, réédition Pocket nº 11386, Espace Nord nº 277
prix Charles-Brisset, prix triennal de la Ville de Tournai, prix Marcel-Thiry, grand prix France-Belgique Adelf
De secrètes injustices, roman, 1998, réédition Espace Nord nº 255
prix Michel-Lebrun, prix des Auditeurs de la RTBF
Manière noire, roman, 1995, réédition Espace Nord nº 234
prix Alain-Fournier, prix Gironde-Nouvelles-Écritures

AUX ÉDITIONS WEYRICH

Un parfum de braise, roman, 2023

AUX ÉDITIONS DU CASTOR ASTRAL

Soit dit entre nous, je suis un ours, prose, 2013
La Nuit d'Ors, théâtre, 2013
Poussières d'histoires & Bribes de voyages, poèmes, 2003

AUX ÉDITIONS FONDATION MONS 2015

Les Anges de Mons, avec Claude Renard, récit graphique, 2014

AUX ÉDITIONS ESTUAIRE

Un goût de biscuit au gingembre, avec Claude Renard, roman illustré, 2006

Traductions du néerlandais et de l'anglais (sélection)

AUX ÉDITIONS DE LA LONGUE VUE

La Madone de Nedermunster, d'Hubert Lampo, nouvelles, 1987

AUX ÉDITIONS L'ÂGE D'HOMME

La Venue de Joachim Stiller, d'Hubert Lampo, roman, 1993

AUX ÉDITIONS BELFOND

La Colère du monde entier, de Maarten 't Hart, roman, 1999
Retour en Atlantide, d'Hubert Lampo, roman, 1997

AUX ÉDITIONS DU CASTOR ASTRAL

Fromage, de Willem Elsschot, roman, 2002
Et chaque lent crépuscule, de Wilfred Owen, avec Barthélemy Dussert, poèmes, 2001

Éditions Belfond,
92, avenue de France, 75013 Paris.
Pour le Canada,
Interforum Canada, Inc.,
1055, bd René-Lévesque-Est,
Bureau 1100,
Montréal, Québec, H2L 4S5.

ISBN : 978-2-7144-0383-4
Dépôt légal : avril 2024

Composition et mise en pages
Nord Compo à Villeneuve-d'Ascq

#lisez! engagé
www.lisez.com
Pour plus d'information :
Imprimé sur du papier issu de forêts gérées durablement.

CET OUVRAGE
A ÉTÉ ACHEVÉ D'IMPRIMER
SUR ROTO-PAGE
PAR L'IMPRIMERIE FLOCH
À MAYENNE EN MARS 2024

N° d'impression : 104552
Imprimé en France